Der Autor veröffentlichte bisher „Tango Tenebrista. Ein Schmöker zum dramatischen Helldunkel von Tango Argentino, Sex & Crime"; den Roman „Tango up & down"; „Tödliches Tangotreiben. Die wahre Geschichte der 'Freiburger Vampirmorde'"; „Neapel leben und sterben. Prosa und Posse"; „Böse Blicke. Kriminalkurzroman und zwei Nachkriegsgeschichten" sowie „Janes Affenkind. Eine tierische Geschichte".

Timm Maximilian Hirscher

Dustergrund

Ein Schwarzwaldkrimi

© 2019 Timm Maximilian Hirscher

Titelbild, Illustration und Grafik:
Simone Rosenow · art & grafikdesign

Herstellung & Verlag:
BoD— Books on Demand, Norderstedt
Print in Germany
ISBN: 9783734735967

Inhalt

Dustergrund   7

Anhang: Die Gedichte der Elfriede Müller   89

Hinweis

Die im Buch genannten Schwarzwaldgemeinden
Dustergrund und Wiesengrund sind auf keiner
Landkarte verzeichnet. Auch die Personen sind
frei erfunden.

„Trauerfeier für unbedacht Verstorbene"

(Ankündigung auf dem Freiburger Hauptfriedhof,
Juli 2018)

I. Teil

1.

Ob der Grund für die Kapitalverbrechen in der Schwarzwaldgemeinde Dustergrund schon im Jahr 2012 oder erst 2013 gelegt wurde, ist eine müßige Frage. Eine gültige Antwort kann es nicht geben.

Auf jeden Fall veröffentlichte der in Dustergrund lebende pensionierte Lehrer Alois Müller im Jahr 2012 die während ihrer Studienzeit geschriebene Gedichte seiner Ehefrau Elfriede als Privatdruck* und verschenkte diesen stolz an Einwohner des Ortes. Es war gut gemeint von ihm. Er wollte seine Frau freudig überraschen und sie so von ihrem Herzproblem ablenken. Er bewirkte das Gegenteil, wie sich herausstellte.
Elfriede nahm es anfangs mit gemischten Gefühlen hin: Einerseits schmeichelte es sie, ihre Gedichte hübsch gedruckt in den Händen zu halten. Andererseits war es ihr als Erzieherin, wenn auch damals wegen ihrer Gesundheitsprobleme schon länger krank geschrieben, etwas peinlich, dass ihre einstigen intellektuellen Fingerübungen als Buch erschienen. So bedeutend waren dann ihre Reimereien wirklich nicht.
Doch da brach das Unheil los. Die meisten Bewohner der Gemeinde Dustergrund bezeichneten die Gedichte

---

* Die Gedichtsammlung ist im Anhang abgedruckt.

als Schund, Schweinereien, Schwachsinn. Der alte Pfarrer sprach gar zu Vertrauten von nihilistischer Freigeisterei. Zwar hatte kaum jemand das Bändchen gelesen. Wer las schon Gedichte? Die meisten Dustergründer kannten die Reime nur vom Hörensagen. Aber was da gesagt und gehört wurde! Mit gerümpfter Nase, mit hochgezogenen Augenbrauen wurde der guten Elfriede deutlich angedeutet, dass man so etwas in Dustergrund nicht wolle. In einer Universitätsstadt wie Freiburg, wo Elfriede Müller in einer alternativen Kita arbeitete, möge so etwas ja möglicherweise geduldet werden. Sie hätte ja dort bleiben können. Aber hier in Dustergrund brauchte man so etwas ja wirklich nicht. Hinter ihrem Rücken fielen noch giftigere Worte.

Die gute Absicht des Alois Müller erwies sich als Schuss, der nach hinten losging. Er sah mit Schrecken, dass sich die Gemütslage seiner Frau verschlimmerte, statt sich zu verbessern. Die Reaktion der honetten Mitbewohner in Dustergrund untergrub zusätzlich den Lebensmut Elfriedes, vertiefte ihre Depression. Dabei hatte ihr Ehemann es doch nur gut gemeint. Als er ihr eine positive Besprechung der Gedichte in einem Freiburger Wochenblatt vorlegen konnte, schaute sie Alois nur seufzend an. In Dustergrund wusste man damals eh schon, dass die Medien lügen. Warum war denn die Elfriede nicht in Freiburg geblieben, wenn man dort so ein Gelump gut hieß?

Doch dann jubelte Alois Müller. Es hatte sich für Elfriede ein Spenderherz gefunden. Da fingen die Probleme aber erst richtig an.

2.

Nicht das gewöhnliche Sterben war es, das eben gewohnheitsmäßig eintritt durch Alter, Krankheit oder Unfall. Nein, es war das Verbrechen, das den scheinbaren Frieden in Dustergrund aufbrach. Dabei war das Leben hier schon längst brüchig geworden. Aber das war offenbar keinem bewusst oder man wollte einfach nichts davon wissen. Vermutlich war es den guten Gemeindemitgliedern gar nicht in den Sinn gekommen, darüber groß nachzudenken. Man hatte nicht einmal ein schlechtes Gewissen. Und keiner und keine trauerte der eigenen Sündenlast wegen.
Das alles konnte der Freiburger Kriminalhauptkommissar Heinz Merker nicht wissen, als er an jenem 20. April 2014 zum ersten Mal von der Ortspolizei nach Dustergrund gerufen wurde. Er hatte geflucht, dass er sich am Ostersonntag um eine Tote kümmern musste. Nahe dem Friedhof der Gemeinde fand man nach einer stürmischen Nacht, der kleine Orkan hatte bis in den Vormittag angehalten, eine Leiche. Und das war erst der Anfang. Aber das konnte wirklich niemand ahnen.

Zunächst hatte es nach einem Unfall ausgesehen. Das mutmaßte die Polizistin Petra Schließer von der Polizeistation im Nachbarort Wiesengrund zuerst. Die Tote lag auf einem Weg am Ortsrand mit eingeschlagenem Schädel da; neben ihr befand sich ein offenbar vom Sturm herabgeschleuderter starker Baumast. Doch dann fiel Schließer an der toten Frau etwas auf – und sie alarmierte die Kriminalpolizei.

Merker war alles andere als erfreut gewesen, an seinem freien Sonntag Dienst tun zu müssen. Auch die Leute von der Spurensicherung und der Gerichtsmediziner waren missgelaunt. Zwar hatte das stürmische Regenwetter der Nacht sich beruhigt, es nieselte nur noch, aber die Umstände waren alles andere als angenehm. Und aus kriminaltechnischen Gründen ungünstig. Fluchend stellte Merker fest, dass er keine Gummistiefel im Kofferraum seines Wagens hatte. Vorsichtig vermied er Pfützen; doch als er am Tatort ankam, hatte er schon nasse Füße. Die junge Polizistin empfing ihn mit bedauerndem Blick, entschuldigte sich für das Sauwetter und berichtete:
„Die Tote ist die 61-jährige Pfarrhaushälterin Margarete Buschmeier. Ich habe erst gedacht, dass es ein Unfall war. Der Ast dort sei ihr auf den Kopf gefallen. Aber als ich mich über sie beugte, sah ich in der Herzgegend Blut. Es stammt möglicherweise von Stichwunden. Zumindest ist der Mantel in der Herzgegend beschädigt."

Auf den fragenden Blick des Hauptkommissars sagte Schließer schnell, dass sie natürlich nichts angerührt habe. Aber die Spurensicherung werde kein Glück haben, denn der Regen habe sicherlich eventuelle Spuren verwischt.

„Kannten Sie die Tote?", fragte Merker mürrisch. Er hatte wahrlich keinerlei Lust, bei diesem Wetter am Ostersonntag im Dreck herumzustapfen.

„Ich weiß, wer sie ist, kannte sie aber persönlich nicht näher. Ich stamme nicht direkt von hier, bin aber aus der Gegend. Seit zwei Jahren leite ich im Nachbarort Wiesengrund die Polizeistation. Was heißt leite? Wir sind derzeit unterbesetzt, nur zu zweit. Ich mit meinem Kollegen Hans Baum."

„Und wo steckt der?"

„Der macht über die Osterferien mit Frau und Kind Urlaub auf Mallorca."

„Zurück zur Toten? Was wissen Sie von ihr?"

„Wie ich schon sagte: Sie führte den Haushalt des hiesigen Pfarrers. Sie ist, sie war ledig. Jeder hier kennt, kannte sie. So weit ich weiß, eine große Tratschtante. Manche bezeichneten sie als ein frustriertes Lästermaul. Sie soll engelsgleich im Kirchenchor gesungen haben, aber eine böse Zunge haben. So hörte ich es allenthalben. Wer weiß…"

„Also nicht unbedingt beliebt", unterbrach sie Merker.

„Nein, das kann man wohl nicht sagen. Die meisten hier hätten sie wohl am liebsten unter der Erde gesehen."

„Liebe Kollegin, wir wollen keine voreiligen Schlüsse ziehen. Nun, Doktor Mühle, was können Sie auf den ersten Blick sagen?", sagte der Hauptkommissar und wandte sich an den Gerichtsmediziner, der sich über die Tote gebeugt hatte.

„Lieber Merker, die Frau ist tot. Woran sie gestorben ist,

das kann ich erst nach der Obduktion sagen. Vermutete Tatzeit: So vor vier bis fünf Stunden. Also zwischen 7 und 10 Uhr heute Vormittag. Möglicherweise war der vermutliche Astschlag auf den Kopf tödlich. Aber es liegen auch Stichwunden in der Herzgegend vor."
„Und die Reihenfolge?"
„Wie ich schon sagte, Merker, darüber weiß ich erst nach der Obduktion mehr. Kann ich die Tote jetzt mitnehmen?"
„Ja, Doktor Mühle, nehmen Sie die Leiche mit. Und geben..."
„Geben Sie mir möglichst bald Bescheid. Tu ich. Einen schönen Ostersonntag noch, uns allen. Und hoffentlich kein Ostermontag mit einer neuen Leiche", sagte der Gerichtsmediziner.

3.

Die Spurensicherung konnte keine Spuren sichern. Außer dem Ast, der anscheinend zu der Kopfwunde geführt hatte, war keine mögliche Tatwaffe in der Nähe der Leiche gefunden worden. Eventuelle Spuren hatte das Unwetter verwischt. Schließer machten den Hauptkommissar darauf aufmerksam, dass es 200 Meter weiter einen Feuerwehrweiher gebe.
„Wenn ich hier jemand erstoche hätte, hätte ich die Tatwaffe vielleicht dort entsorgt", meinte sie.
„Möglich. Und dieser Regenschirm neben der Leiche? Ist das der des Opfers?"

„Na, sie wird bei diesem Regenwetter doch nicht ohne Schirm aus dem Haus gegangen sein."
„Da haben Sie Recht", sagte Merker. „Der Pfarrer wird ihn dann wohl identifizieren können. Was den Weiher betrifft: Jetzt warten wir erst einmal den Obduktionsbericht ab. Dann wissen wir vielleicht, nach was für einer Tatwaffe wir suchen müssen. Sie sagten, das Opfer sei Haushälterin des Pfarrers gewesen. Haben Sie schon mit ihm gesprochen?"
„Nein, ich wollte nicht bei der Messe stören. Er läuft uns ja auch nicht weg, dachte ich."
„Na, jetzt ist der Gottesdienst ja wohl zu Ende. Kommen Sie mit, wir wollen ihn aufsuchen. Haben Sie sonst mit jemand von hier gesprochen? Wer hat die Leiche denn gefunden?", fragt er, während sie zum nahen Pfarrhaus schritten.
„Ein Tourist. Er wohnt in der Pension Erika. Sein Name ist..."
„Um den kümmern wir uns anschließend. Und sonst?"
„Ich bin bei der Toten geblieben, um zu verhindern, dass sich eventuell jemand ihr nähert. Aber der Tourist hat seinen Fund sicherlich in der Pension erwähnt. Jetzt weiß es vermutlich jeder im Ort."
Auf jeden Fall schien es Pfarrer Franz Obermeister schon erfahren zu haben, denn er öffnete mit bekümmertem Gesicht den beiden die Tür des Pfarrhauses.
„Guten Tag, Herr Pfarrer. Darf ich ihnen Kriminalhauptkommissar Merker vorstellen."
„Guten Tag, Frau Schließer. Guten Tag, Herr Merker. Kommen Sie herein, ich habe die Polizei schon erwar-

tet."

Er führte die beiden in sein Arbeitszimmer.

„Setzen Sie sich doch bitte. Vorhin kam ein Gemeindemitglied vorbei und teilte mir die traurige Nachricht mit. Ich kann es gar nicht fassen. Und das noch zum Osterfest! Die arme Frau Buschmeier. Erst wollte ich zu Ihnen eilen, aber dann dachte ich, dass ich dort nur stören würde. Und..."

„...draußen regnet es", unterbrach ihn Merker. „Wann haben Sie die Tote zuletzt gesehen?"

„Heute morgen, beim Frühstück. Kurz nach 7 Uhr. Ich ging danach nochmals meine Predigt durch, hier im Büro. Nachher, also ich wunderte mich schon, dass sie nicht wieder da war. Vor dem Gottesdienst und während der Messe sah ich sie nicht. Sonst ist sie immer da gewesen. Hat selbst am Sonntag vor dem Gottesdienst herumgewirtschaftet. Sie war nie zu stoppen."

„Ist das da ihr Regenschirm? Ich meine der von Frau Buschmeier?"

„Ja, denke schon. So einen hatte sie."

„Seit wann kennen Sie die Tote?"

„Nun, Herr...Herr Hauptkommissar, ich habe vor knapp einem Jahr nach dem Tod meines Vorgängers die Pfarrgemeinde übernommen – und Frau Buschmeier als Haushälterin mit. Sie war nun einmal da..."

„Das klingt nicht gerade so, als ob sie begeistert gewesen wären."

„Nun, wie ich schon sagte: Meine Haushälterin ist...war überaus eifrig, immer tätig. Manchmal für mein Gefühl vielleicht zu eifrig."

„Mit dem Mundwerk?", warf Schließer ein.
„Nun ja, sie hat...hatte ein Plappermäulchen. Manchmal glaubte sie wohl, dass sie als langgediente Mitarbeiterin im Pfarrhaus mehr von der Seelsorge versteht als der junge Pfarrer, der da..."
„Meine Kollegin", unterbrach ihn Merker, „meine Kollegin meinte, dass Ihre Haushälterin in der Gemeinde als Lästermaul verschrieen gewesen sei."
„Nun ja, das ist etwas hart formuliert."
„Ich weiß, man soll nichts Schlechtes über Tote sagen. Aber die Frau kam gewaltsam ums Leben."
„Ich dachte, es sei in Unfall gewesen. Ein Ast..."
„Ja, danach sah es zunächst aus, aber..."
„Jemand hat sie umgebracht?"
„Die genauen Umstände sind noch zu klären. Die Obduktion steht noch aus. Aber, ja, einiges deutet auf ein Verbrechen hin."
„Das ist ja entsetzlich, Herr Hauptkommissar."
„Hatte sie nach Ihrem Wissen spezielle Feinde?"
„Spezielle?"
„...Feinde."
„Spezielle - nicht dass ich wüsste. Wie gesagt, sie war allgemein nicht gerade beliebt. Sie verurteilte zu schnell, wenn Sie verstehen, was ich sagen will."
„Wenn ich Sie richtig verstehe, war die Frau eine arge Nervensäge."
„Nun, so hart..."
„Hat sie auch an Ihren Nerven gesägt?"
Der Pfarrer wand sich stotternd:
„Ich bin Priester...ich..."

„Wo waren Sie zwischen dem Frühstück und dem Beginn des Gottesdienstes, also so zwischen 7 und 10 Uhr, Herr Pfarrer?"
„Ah, ich verstehe. Ein Alibi. Ich war hier. Nach dem Weggang von Frau Buschmeier zunächst allein. Später kam der Küster."
Merker schaute den Pfarrer still an. Schließer wollte nicht nur schweigend dabei gewesen sein und fragte:
„Herr Pfarrer, ist Ihnen denn in der letzten Zeit etwas Besonderes bei Ihrer Haushälterin aufgefallen? Hatte sie irgendwelche Namen genannt? Irgendwelche Probleme erwähnt? War unter den Leuten hier im Ort vielleicht nicht doch der eine oder die andere, mit denen es besonders schwierig war."
Obermeister wiegte lange den Kopf hin und her, grübelte vor sich hin und meinte dann:
„Nein, da fällt mir jetzt niemand besonders ein."
Die beiden Polizeibeamten verabschiedeten ich „für zunächst", wie sie sagten und brachen auf.
„Halt", rief der Pfarrer, als sie schon bei der Haustür waren, „halt, da fällt mir doch etwas ein! Ob es für Sie dienlich ist, weiß ich nicht. Wir hatten gerade in der Küche gefrühstückt, da stand sie am Fenster und sagte 'Na sowas'."
„Was meinte Sie damit?"
„Weiß ich nicht, Herr Hauptkommissar. Ich denke, dass sie draußen etwas Ungewöhnliches gesehen hatte. Keine Ahnung. Auf jeden Fall murmelte sie eine Entschuldigung, und weg war sie. Ich hörte die Haustür zuschlagen. Danach habe ich sie nicht mehr gesehen."

Der Pfarrer führte die zwei Beamten in die Küche. Vom Fenster aus sahen sie den Vorgarten des Pfarrgebäudes und wenig dahinter einen Teil des Friedhofs.
„Und Sie können sich gar nicht vorstellen, was sie da draußen gesehen haben könnte?"
„Nein, Herr Hauptkommissar, wie ich schon sagte. Da ich gedanklich schon bei meiner Predigt war, habe ich mir auch nicht eine Sekunde den Kopf zerbrochen."
„Gut, danke Herr Pfarrer. Sollte Ihnen doch noch etwas einfallen, rufen Sie bitte meine Kollegin an. Ach, ja", sagte Merker im Gehen, „wir werden noch einmal vorbeikommen, um die Wohnung der Toten zu untersuchen. Vielleicht findet sich ja da ein Hinweis, der uns weiterhelfen kann. Wo wohnte sie?"
„Oben, sie hatte die kleine Dachwohnung für sich."
„Bitte betreten Sie die Wohnung nicht, rühren Sie dort nichts an. Bis später."

4.

Sie machten einen Umweg über den kleinen Friedhof, wo ihnen aber nichts auffiel. Dann ging es weiter zur Pension Erika. Schließer musterte neugierig den Kommissar neben sich. Der merkte das und grinste.
„Sie wollen wissen, ob ich den Pfarrer für den möglichen Täter halte? Ich halte gar nichts in solchen Fällen. Ich ermittle einfach. Wo waren Sie eigentlich heute früh, liebe Kollegin?"
„Ich habe gegen 7 Uhr gefrühstückt. Ich habe ja Sonn-

tagsdienst. Dann war ich im Büro in Wiesengrund, allein, und um fünf Minuten nach 9 kam der Anruf aus der Pension, wo der Tourist seinen Fund gemeldet hatte. Ein Herr Uwe Hansen aus Hamburg."
„Okey, liebe Kollegin, ich streiche Sie mal von der Verdächtigenliste – fürs erste. Sprechen wir mit diesem Herrn Hansen. Wie viele Einwohner hat eigentlich Dustergrund?"
„So etwa 500 Erwachsene."
„Na, immerhin eine überschaubare Schar. Stellen Sie sich vor, wir wären in Berlin!"

In der Pension war keine Erika, aber der Inhaber Franz Fischeler. Nein, sein Gast, Herr Hansen, sei nicht im Hause. Der sei Vogelkundler.
„Vogelkundler?"
„Na ja, Herr Kommissar. Der versucht, vor allem einen Auerhahn in freier Wildbahn anzutreffen. Praktisch unmöglich, aber warum soll ich ihn vergraulen. Tagsüber ist er gewöhnlich im Wald. Er fotografiert viel. Das ist schon das dritte Jahr, dass er in dieser Jahreszeit hier ist. Aber heute, bei diesem schmudligen Wetter? Vermutlich hat er nur einen längeren Spaziergang gemacht und sitzt jetzt zur Mittagszeit drüben im 'Auerhahn'. Nach dem Frühstück, so um Halbneun, ist Herr Hansen aus dem Haus gegangen."
„Und Sie selbst? Wo waren sie morgens in der Früh, Herr Fischeler?", fragte Merker.
„Wo wohl? Hier in der Pension natürlich. Ich habe das Frühstück für Herrn Hansen zubereitet. Er ist derzeit

der einzige Gast. Dieses Sauwetter..."
„Kann das jemand bezeugen?"
„Nein, ich bin Witwer und meine Haushilfe hat heut am Ostersonntag frei und ist sicher bei ihrer Familie in Wiesengrund. Aber, entschuldigen Sie, was hat denn die Kriminalpolizei mit dem Tod der Gretel zu tun? Herr Hansen sagte, sie sei von einem Baumast erschlagen dagelegen."
„Herr Fischeler, die genaue Todesursache muss noch geklärt werden. Die Sache ist nicht so eindeutig..."
„Entschuldigen Sie, aber ich bin der Bürgermeister von Dustergrund, der ehrenamtliche Bürgermeister. Ich muss schon wissen..."
„Herr Fischeler, wenn wir Genaues wissen, werden Sie als Bürgermeister es natürlich als erster erfahren. Kommen Sie, Kollegin, auf zum 'Auerhahn'!"

Die beiden gingen hinüber zur Gaststätte, wo Hansen gerade zu Mittag aß. Ein auf den ersten Blick und vielleicht auch auf den letzten unscheinbarer Mann, mittlerer Statur mit gepflegtem Spitzbart, der während des Essens immer wieder einen Blick in ein Buch warf, das neben ihm lag. Flora und Fauna im Schwarzwald.

„Lassen Sie sich nicht beim Essen stören, Herr Hansen", sagte Schließer.
„Bin praktisch fertig damit", sagte der. „Ich habe Ihnen bereits alles gesagt, was ich weiß."
„Das ist Hauptkommissar Merker von der Kriminalpolizei. Er will gerne alles selbst noch einmal hören."

„Na, wenn es sein muss. Setzten Sie sich doch!"

Marker und Schließer setzten sich an den Tisch. Die Wirtin trat heran, hatte die letzten Worte gehört und sagte:
„Ja, hatte die Gretel denn keinen tödlichen Unfall, dass die Kriminalpolizei..."
„Frau Treiber, kümmern Sie sich um Ihre Gäste", wies sie Schließer zurecht.
„Ich mein ja nur. Ich geh' ja schon. Wollen Sie was trinken?"
„Später vielleicht."
„Na, ja, man darf doch fragen. Ich bin hier die Wirtin", meinte sie zum Kommissar gewandt, „ich bin hier die Chefin. Aber ich geh' ja schon."

Merker ließ sich erzählen, wie Hansen die Tote gefunden hatte. Er habe sich trotz des widrigen Wetters auf die geplante Wanderung gemacht und sei dann auf den dort liegenden Körper gestoßen. Er habe sich niedergebeugt und festgestellt, dass die Frau tot sei. Offensichtlich von dem Ast erschlagen, der neben ihr lag. Es war ja auch sehr stürmisch. Er habe nach seinem Handy greifen wollen, aber festgestellt, dass er das in der Pension vergessen hatte. Also sei er zurück und habe den Pensionsinhaber gebeten, die Polizei zu alarmieren. Dann sei er zurück zu der Toten gegangen, um dort auf die Polizei zu warten.
„Aber das habe ich schon alles Ihrer Kollegin vor Ort gesagt."

„Wie kamen Sie darauf, dass die Frau vor Ihnen da draußen tot ist?"

„Na, der Ast, die Kopfwunde. Ich hatte ihr meine Hand an den Hals gelegt, um zu fühlen, ob es noch einen Pulsschlag gibt."

„Sie sind Arzt?"

„Nein, pensionierter Biologielehrer. Aber ich habe genug Tatort-Krimis gesehen und habe das nachgemacht. Und dann war die Frau ja schon kalt."

„Kannten Sie die Tote?"

„Eigentlich nicht. Ich mache zwar zum dritten Mal in Dustergrund Urlaub. Vielleicht habe ich die Frau letztes Jahr mal gesehen. Es ist ja ein kleiner Ort. Aber ich kann mich nicht daran erinnern, sie gesehen zu haben. Aber es ist schon möglich."

„Sie war die Haushälterin des hiesigen Pfarrers."

„So? In die Kirche hatte ich letztes Jahr schon mal reingeguckt. Aber ich bin Protestant. An dem katholischen Gottesdienst, an der Messe habe ich aber nie teilgenommen."

„Wie lange bleiben Sie noch in Dustergrund?"

„In zwei Tagen fahre ich nach Dortmund zurück. Warum?"

„Wir bräuchten noch eine DNA-Probe von Ihnen. Das ist eine Routinesache. So können wir, wenn wir Spuren an der Toten finden sollten, sie ausschließen."

„Oder auch nicht. Ich hab sie ja berührt."

„Ja, jetzt bräuchten wir nur noch ein Motiv", sagte Merker grinsend. „Der Name der Toten ist Margarete Buschmeier. Verwandt, bekannt?"

„Den Namen höre ich zum ersten Mal. Brauchen Sie mich noch? Es hat aufgehört zu regnen. Ich will mich in den schwarzen Wald aufmachen."
„Laufen Sie los, Herr Hansen. Aber seien Sie bitte am späten Nachmittag zurück in der Pension. Wegen der DNA-Probe. Wenn Sie nur noch hier Ihre Heimatadresse plus Telefonnummer aufschreiben könnten."

Als Hansen gegangen war, sahen sich Merker und Schließer an.
„Mit der DNA werden wir wohl wenig Glück haben nach diesem Sauwetter", meinte die Polizistin. „Abgesehen davon hat er ja gesagt, sie berührt zu haben."
„Man weiß nie. Ich werde Herrn Hansen mal durch unseren Computer jagen lassen. Vielleicht gibt es ja eine Vorgeschichte."
„Todesfälle alter Damen?"
„Wer weiß, wer weiß. Aber jetzt, wo wir schon da sind, essen wir erst einmal zu Mittag."

5.

Das Essen servierte die Wirtin Treiber persönlich, fragte noch einmal diskret nach der Toten, erhielt aber keine Antwort. Nach der Mahlzeit bestellten die beiden noch Kaffee. Treiber servierte auch den und setzte sich dann unter einem „gestatten" an den Tisch.
„Entschuldigen Sie, aber stimmt es, dass die Gretel ermordet wurde? Meine beste Freundin!"

Merker musterte die Wirtin neugierig.

„Sie sprechen von Margarete Buschmeier?"

„Ja, von der Gretel. Ist sie wirklich…"

„Sie wurde tot aufgefunden. Aber die genaue Todesursache ist noch unklar. Sie sagen, Sie seien mit ihr befreundet gewesen."

„Ja. Wir sind…wir waren Freundinnen. Ich musste sie oft trösten, die Arme."

„Trösten?"

„Na, sie hatte viele Feinde hier."

„Feinde?"

„Ach, die Menschen sind so schlecht. Gretel wollte nur das Beste, war immer hilfsbereit. Wo sie nur konnte. Als Haushälterin des Pfarrers hat sie viel mitbekommen, was in der Gemeinde so läuft. Immer hat sie ihre Hilfe angeboten, hat gute Ratschläge gegeben. Aber die Leute, die Leute! Statt dankbar zu sein für ihre Anteilnahme, hat man sie verleumdet, böse über sie geredet."

„Sie sprachen von vielen Feinden. Wen meinen Sie konkret damit?"

„Na, ja, ich will da niemand direkt beschuldigen, aber, wissen Sie, als Wirtin kriege ich doch allerhand mit. Der 'Auerhahn' ist doch die einzige Wirtschaft im Ort. Da schauen fast alle mal herein, ich meine abends zu einem Bier oder so. Und wenn sie dann mal über den Durst getrunken haben. Also was man da so hört…"

„Man?", fragte Merker leicht ironisch. „Sie?"

„Ich bin doch die Wirtin. Ja. Da habe ich schon Sprüche gehört."

„Zum Beispiel?"

„Na, diesem Lästermaul könnte ich den Hals umdrehen. Oder so."
„Oder so. Und wer genau sagte so was?"
„Herr Kommissar, ich meine das allgemein. Ich schwärze doch hier keinen direkt an. Und wenn die im Suff so was sagen…"
„Hören Sie, Frau Treiber, Margarete Buschmeier ist vielleicht wirklich Opfer eines Gewaltverbrechens geworden. Das muss aber erst die Gerichtsmedizin feststellen. Aber wenn sie etwas Konkretes über eventuelle Feindschaften gegenüber der Toten wissen, dann müssen Sie uns das sagen. Wir müssen jeder Spur nachgehen. Sie haben ja von Feinden gesprochen."
„Herr Kommissar, habe ich wirklich 'Feinde' gesagt? Die Leute haben eben über uns…ich meine über die gute Gretel gelästert."
„Frau Treiber, ich schlage vor, dass Sie in sich gehen, genau überlegen und uns das nächste Mal ganz Konkretes sagen, wenn es das gibt. Wir kommen nochmals auf Sie zu. Und jetzt lassen Sie mich und meine Kollegin bitte in Ruhe den Kaffee trinken, bevor der eiskalt wird."
Die Wirtin schaute leicht beleidigt drein und verschwand wortlos hinter der Theke.

„Nun, Frau Kollegin", sagte Merker, „was sagen Sie zu dieser Freundin?"
„Nun, Herr Kollege, möglicherweise haben, hatten sich da die zwei Richtigen getroffen und zusammengetan. Allerdings haben Sie vergessen, die Wirtin nach ihrem Alibi zu fragen."

„Sie haben Recht. Ganz unverzeihlich. Aber glauben Sie wirklich, dass da eine Krähe der andern ein Auge ausgehackt hätte?"

„Ich werde mich umhören. Ich könnte mir denken, dass die Wirtin das gleiche Lästermaul ist, wie es der Toten nachgesagt wird."

„Aber nicht von ihrer lieben Freundin."

„Nein, die hat lobende Worte über die Tote gefunden."

„Wie dem auch sei, wir brauchen dringend den Befund der Gerichtsmedizin. Aber unabhängig davon, ob der Astschlag ein Unfall war oder nicht: Die Stiche ins Herz waren kein Unfall."

„Was machen wir mit der Suche nach der Stichwaffe?"

„Sobald wir darüber von der Gerichtsmedizin mehr wissen…Ihre Idee mit dem Weiher ist gut. Da könnte das Messer oder was es war gelandet sein. Ich nehme an, es gibt hier eine Freiwillige Feuerwehr. Die soll den Teich auspumpen. Aber, wie gesagt, jetzt warten wir erst mal ab, wonach wir suchen sollen."

„Und wie geht es jetzt weiter, Herr Kriminalhauptkommissar?"

„Zum Ersten: sagen Sie einfach Merker, so wie ich einfach Schließer sage, wenn Sie nichts dagegen haben. Jetzt werde ich mich erst einmal mit der Kriminalpolizeidirektion in Freiburg in Verbindung setzen, dass möglichst schnell eine Soko Dustergrund eingerichtet wird. Wie groß ist denn Ihre Polizeistation in Wiesental? Könnten dort arbeitstechnisch zehn Leute von uns arbeiten? Oder gibt es hier in Dustergrund passende Räume?"

„Nicht das ich wüsste. Vielleicht im Pfarrhaus. Das scheint ziemlich geräumig. Für Ihre Soko..."
„Ob ich der Soko vorstehen werde, steht noch nicht fest. Das muss der Leitende Kriminaldirektor in Freiburg entscheiden. Das Pfarrhaus? Ich weiß nicht. Wie steht 's bei Ihnen?"
„Wie gesagt, wir sind zur Zeit unterbesetzt in der Polizeistation, nur zu zweit. Mit zusätzlich zehn Leuten würde es schon mächtig eng, aber es werden die ja da nicht schlafen wollen."
„Nein. Ich werde übrigens der Kriminaldirektion vorschlagen, dass Sie, Schließer, mit in die Soko kommen. Sie sind von hier, Sie kennen sich aus."
„Ich helfe gerne mit, wenn dann die Soko bei entlaufenen Milchkühen oder verirrten Touristenkindern mir helfen."
„Ich sehe, Schließer, wir verstehen uns. Wir gehen jetzt ins Pfarrhaus zurück und sehen uns die Wohnung der Toten an. Vielleicht finden wir ja irgend etwas, was uns weiterhelfen könnte. Ich rufe aber jetzt erst einmal die Kriminalpolizeidirektion wegen der Soko an und komme dann nach.
Frau Wirtin, bitte zahlen!"

6.

Beim Verlassen der Gaststätte, traf Merker im Eingang Fischeler.
„Gibt es schon Neues?", fragte er.

„Herr Bürgermeister, wie ich schon sagte: Sie werden es als erster erfahren", stöhnte Merker und ging weiter, bevor erst ein Gespräch entstehen konnte.
„Ungezogener Lackel", murmelte Fischeler. Er trat an die Theke, zwinkerte der Wirtin zu und sagte:
„Hallo Uschi, ein Bier und den Lammbraten, den Du mir gestern angekündigt hast. Und dann setz dich mal zu mir dort in die Ecke, wo wir ungestört..."
Ursula Treiber brachte das Bier, setzte sich zu ihm und fragte:
„Gibt 's was Neues? Die arme Gretel? Offenbar ist es ja doch kein Unfall gewesen."
„Ja, denn warum sollte sonst die Kriminalpolizei hier ermitteln."
„Nein, im Gegenteil."
„Wie? Was denn?"
„Also die Klara..."
„Ah, da ist sie ja mit meinem Lammbraten. Frohe O..., na, das passt ja nicht so ganz an diesem Tag. Hallo, Klara. Alles in Ordnung in der Küche?"
„Auch Ihnen ein Frohes Oster..., ich meine guten Tage, Herr Bürgermeister. Kann ich noch mit etwas dienen?"
„Schon gut, Klara, zurück in die Küche!", sagte die Wirtin und zum Bürgermeister gewandt: „Guten Appetit, Franzl."
„Danke. Also, was weißt Du Neues?"
„Nun die Klara..."
„Was hat die denn damit zu tun?"
„Na, lass' mich halt ausreden. Die Klara, als die heut Vormittag mit dem Fahrrad an dem Unfallort..."

„Also doch ein Unfall."
„Na, lass' mich halt ausreden. Die Klara ist dort vorbeigefahren und hat mit einem Polizisten geplaudert."
„Die fesche Klara. Schäkern kann sie."
„Na, kann ich jetzt mal ausreden oder nicht, Franzl. Unterbrich mich nicht ständig! Iss lieber, halt den Mund und hör mir zu! Also der Polizist hat wohl angedeutet, dass ein Gewaltdelikt vorliegt. Stiche ins Herz!"
„Wie? Ein Verbrechen in Dustergrund! Und das auch noch an Ostern! Ins Herz, sagst Du? Du lieber Gott! Wenn das nur nicht die Touristen ganz abschrecken wird: Sauwetter und Verbrechen. Schlimmer kann 's in unserem friedlichen Örtchen gar nicht kommen. So weit ich zurückdenken kann, hat es hier noch nie ein Gewaltverbrechen gegeben. Aber, Uschi, die Kommissar hat mir doch gesagt, die Todesursache sei noch nicht eindeutig."
„Das sagen die am Anfang doch immer. Die arme Gretel. Das hat sie wirklich nicht verdient."
„Na..."
„Na was?"
„Sie hatte schon ein großes Lästermaul."
„So wie ich?"
„So wie wir drei", sagte der Bürgermeister, musste lachen und spuckte dabei unfreiwillig aus, was er an Lammbraten im Munde hatte.

7.

Merker läutete an der Pfarrhaustür. Der Pfarrer öffnete und sagte ihm, die Polizistin sei schon oben in Frau Buschmeiers Wohnung.
„Danke, Herr Pfarrer. Entschuldigen Sie die Störung, aber so schnell werden Sie die Polizei wohl nicht los. Übrigens, ich hatte heute Vormittag vergessen zu fragen: Sie sind nicht zufällig mit der Toten verwandt?"
„Um Himmels...ich meine, nein. Ich bin ihr vor knapp einem Jahr erstmals begegnet. Als ich kurz nach dem Tod meines Vorgängers hier einzog."
„Geht das mit der Nachfolge in der Kirche immer so schnell?"
„Nein, aber Pfarrer Herberts war schon uralt, die Nachfolge war schon länger geregelt."
„Wir, die Kollegin und ich, haben vorher mit der Wirtin im 'Auerhahn' gesprochen. Sie sagte, sie sei mit ihrer Haushälterin befreundet gewesen."
„Ja, das war wohl so. Gelegentlich war sie zu Besuch oben bei Frau Buschmeier, soweit das eben ihre Arbeit als Wirtin erlaubte."
„Sie kennen sie, ich meine die Wirtin, näher?"
„Nun ja, was man so näher nennt. Sie ist auch im Kirchenchor. Und gelegentlich habe ich auch schon im 'Auerhahn' gegessen. Meist, wenn ich nach Familienfeiern dorthin eingeladen wurde, also etwa nach Taufe, Erstkommunion, Hochzeit..."
„Und Beerdigungen."
„Ja, auch nach Beerdigungen. A propo Beerdigung:

Wann kann die denn in unserem Falle stattfinden?"
„Das wird sicher noch ein paar Tage dauern, bis die Gerichtsmedizin die Tote freigibt. Gibt es denn Verwandte?"
„Ich weiß nur von einem Neffen, der in Stuttgart wohnt. Aber ich weiß nicht einmal seinen Namen. Er war vor einigen Monaten mal hier. Ich glaube es war zum Geburtstag der Frau Buschmeier."
„Gut, danke. Vielleicht finden wir oben ja ein Adressbüchlein oder einen Computer. Ich werde jetzt mal zu der Kollegin hochgehen. Laufen Sie uns nicht weg, Herr Pfarrer! Ich hoffe, es steht in den nächsten Tagen keine Romreise an. Vielleicht brauchen wir Sie noch."
„Nun, die Beerdigung werden Sie mir kaum abnehmen können, Herr Kommissar."

Oben hatte Schließer inzwischen die Wohnung auf den Kopf gestellt.
„Hallo, Merker, bisher habe ich nichts Besonderes entdeckt. Einen Computer hatte sie offenbar nicht. Aber hier ein Handy."
„Und?"
„Keine SMS oder whatsapps. Ein paar Telefonkontaktadressen. Unter anderem die Handynummer der Wirtin, zumindest nehme ich das an beim Vornamen Ursula."
„Und sonst?"
„Eine Bibel, ein Gesangsbuch und ein paar Bestsellerromane – aus vergangener Zeit. Eine Fernsehzeitschrift und ein Fotofamilienalbum."
„Der Pfarrer hat gesagt, es gebe einen Neffen in Stutt-

gart."

„Ah, ja, da sind ein paar Postkarten an Tante Margarete und mit Ferdinand unterschrieben. Warten Sie, hier auch ein paar Briefumschläge mit der Absenderadresse von einem Ferdinand Zanner. Das wird wohl der Neffe sein."

„Gut, den müssen wir kontaktieren."

„Soll ich das machen?"

„Später. Jetzt erledigen wir erst einmal die Arbeit hier. Vielleicht finden wir ja doch noch etwas, was uns weiter führt."

8.

Von der Freiburger Kriminalpolizeidirektion, zuständig für Südbaden, wurde die „Sonderkommission Dustergrund" gebildet, mit deren Leitung Oberhauptkommissar Merker betraut wurde. Die Soko richtete sich am Tag nach der Tat in der Polizeistation in Wiesental ein. Merker stieß erst am späten Vormittag dazu, versammelte die Soko-Mitglieder, zu der auch Polizeiobermeisterin Schließer gehörte, und informierte sie über das Ergebnis der gerichtsmedizinischen Untersuchung: „Leider ist der Befund nicht eindeutig: Der Mühle konnte nicht zweifelsfrei feststellen, ob es sich bei dem Astschlag um einen Unfall oder um einen Schlag gehandelt hat. Das heißt, der Ast kann vom Sturm heruntergeschleudert worden sein und die Frau am Kopf getroffen haben. Laut Gerichtsmedizin ist das wahrscheinlich; aber ganz ausschließen will Mühle nicht, dass der Täter oder

die Täterin den Ast vom Boden aufhob und zuschlug. Sicher ist, dass der Frau vier Mal mit einem Messer in die Herzgegend gestochen wurde. Zwei der Stiche waren tödlich oder wären tödlich gewesen. Allerdings kann Mühle nicht mit 100-prozentiger Sicherheit sagen, ob die Kopfverletzung oder die Messerstiche den Tod verursacht hätten. Beides sei möglich. Schlag und Stiche oder eben Stiche und Schlag müssen auf jeden Fall ziemlich direkt aufeinander erfolgt sein. Er hält für den wahrscheinlichsten Tathergang: Erst der Astschlag, ob jetzt durch Sturm oder Täter, dann die Messerstiche. Ja, Kevin?"
„Wir wissen also gar nicht, ob es sich um ein Tötungsdelikt handelt?", sagte Oberkommissar Kevin Klein. Falls der Astschlag ein vom Sturm verursachter tödlicher Unfall war, dann waren die Messerstiche ja so etwas wie Leichenschändung."
„Ja", seufzte Merker, „das kann sein. Dann suchen wir möglicherweise keinen Mörder oder Totschläger, sondern einen Perversen. Ja, Kevin?"
„Solche Stiche. Wären da nicht praktisch jeder oder jede dazu fähig, ich meine, rein physisch? Sogar ein Kind?"
„Rein theoretisch kann das nicht ausgeschlossen werden. Ja, Kollegin Schließer?"
„Es gibt schon Presseanfragen hier bei mir. Ich finde, solche Spekulationen, ich meine das mit dem Kind, sollten wir keinesfalls öffentlich machen. Das gäbe ein Medien-Hype."
Merker seufzte erneut, dann meinte er:
„Sie haben Recht, darüber wird keinesfalls und von kei-

nem von uns öffentlich spekuliert. Wir werden nur von einem im Detail noch unklaren Tötungsdelikt sprechen. Das haben, hoffe ich, alle verstanden. In der Presseerklärung wird nur von Kopf- und Stichwunden gesprochen. Was die Stichwunden betrifft, so tippt Mühle auf ein Taschenmesser. Ja, Kevin?"

„Das spricht dann eher dafür, dass zuerst der Astschlag stattfand. Denn wer greift schon zu einem Taschenmesser, wenn er jemanden abstechen will", meinte der Oberkommissar.

„Damit könntest du Recht haben, aber es könnte ja eine Affekthandluch gewesen sein. Die Gerichtsmedizin geht auch davon aus, dass die Frau schon am Boden lag. Die Stiche seien höchstwahrscheinlich von oben geführt worden, also auf den liegenden Körper. Auch deutet nichts darauf hin, dass die Frau sich gegen die Stiche gewehrt haben könnte. Ja, Schließerin?"

„Schließer reicht. Das es sich um ein Taschenmesser handelt, ist ein weiteres Handicap, denn Taschenmesser gibt es in einer Schwarzwaldgemeinde zuhauf. Selbst wenn wir es finden, wird uns das vermutlich nicht groß weiter helfen. Wie dem auch sei. Vielleicht sollten wir doch in dem Weiher suchen..."

„Sie haben Recht. Einen Versuch ist es wert, nachdem die Spurensicherung in Tatortnähe nichts gefunden hat. Übrigens: Das gestrige Sauwetter hat wirklich mögliche Spuren verwischt. Da haben wir ausgesprochen Pech. Okey, so ist es halt. Verteilen wir die Aufgaben: Schließer, Sie sprechen mit der Freiwilligen Feuerwehr wegen des Abpumpens des Weihers. Kevin und die anderen nehmen sich die einzelnen Haushalte in Dustergrund vor und befragen alle. Und ich bereite das Material für eine Pressemitteilung vor. Oder will jemand mit mir tauschen? Nein? Dachte ich es mir doch."

9.

Drei Tage später zog Merker bei der täglichen Soko-Besprechung eine dürftige Bilanz. Die Befragung der Einwohner Dustergrunds hatte kein weiterführendes Ergebnis gebracht.
„Keiner, keine will etwas bemerkt haben. Die meisten lagen am Ostersonntagmorgen nach ihren Angaben noch im Bett. Wegen des schlechten Wetters gab es im Freien keine Eiersuche für die Kinder. Alle Befragten bedauerten den Tod der armen Frau Buschmeier. Sie sei so hilfsbereit gewesen und so weiter und so weiter. Wenn man nachhakte, wurde zwar ihr Mundwerk kritisiert, aber das dann doch gleich wieder relativiert. Nur ihr Neffe, mit dem die Kollegin telefonierte, fand sie ziemlich unausstehlich. Deshalb habe er seine Tante praktisch nie besucht", sagte Merker, unterbrach dann aber, als Schließer hereintrat.
„Entschuldigen Sie die Verspätung, aber ich komme gerade vom Weiher. Der ist jetzt leergepumpt worden."
„Und was gefunden?"
„Zwei Taschenmesser, sonst keine möglichen Stichwaffen, von anderen Funden nicht zu reden. Eines der Messer ist stark verrostet, dürfte also schon jahrelang

im Wasser gelegen haben. Das andere nicht. Das habe ich gleich in die Gerichtsmedizin geschickt. Aber selbst, wenn es das Tatwerkzeug gewesen ist...bringt uns das weiter?

„Danke, Kollegin. Warten wir zum Messer das Ergebnis von Doktor Mühle ab. Sie haben aber Recht: Den Besitzer des Messers oder seine Besitzerin werden wir wohl schwer ermitteln können. Abgesehen davon wird es als Tatwaffe kaum identifiziert werden können. Blutspuren lassen sich daran sicherlich nicht mehr finden – falls es je welche dran gegeben hat. Also, wir müssen wohl davon ausgehen, dass wir spurentechnisch nichts haben werden. Also müssen wir uns auf ein mögliches Motiv konzentrieren. Wer hätte ein Motiv gehabt, der lebenden oder toten Buschmeier fünf Mal, nein, vier Mal mit einem Messer in die Brust zu stechen? Wir müssen nochmals ihr ganzes soziale Umfeld sozusagen millimetergenau durchkämmen."

„Und wenn es nun ein zufällig vorbeigekommener perverser Tourist war, der trotz des Sauwetters unterwegs gewesen ist", warf Schließer ein. „Wenn es gar kein nachvollziehbares Motiv gab? Alles vielleicht nur ein Zufall?"

„Es gibt keinen Zufall", sagte Merker.

„Wie bitte?"

„Was wir so Zufall nennen, ist nur das für uns Unerwartete. Okey, ich erklär das mal genauer: Sie scheinen zufällig den Jackpot zu gewinnen. Sie erhoffen das vermutlich, doch es kommt dann unerwartet. Aber es ist kein Zufall. Notwendig war erstens, dass sie überhaupt

spielen und zweitens, dass die von Ihnen getippten Nummern kommen. Die Kugeln mit den Nummern fallen aber nach physikalischen Gesetzen, also notwendig."
„Aber doch nicht voraussagbar!"
„Nicht nach dem derzeitigen Stand der Wissenschaft. Vielleicht nie, aber notwendig tritt es auf jeden Fall ein. Ein anderes Beispiel: Sie gehen an einem Haus vorbei, und in diesem Moment fällt ein Dachziegel herunter und trifft Sie."
„Ein reiner Zufall!"
„Nein, liebe Kollegin. Das sagt man halt so, aber eben nur etwas Unerwartetes, doch Notwendiges: Da sie gerade in diesem Moment vorbeigehen, wo sich aus notwendig physikalischen Gründen im selben Moment der Dachziegel löst, muss es dazu kommen. Unerwartet, aber notwendigerweise."
„Entschuldigen Sie, aber sind das nicht einfach Wortklaubereien?"
„Ja und nein. Ja, denn die Wortwahl ändert ja nichts an der Tatsache. Nein, denn mit bestimmten Wörtern oder Begriffen kann unsere Aufmerksamkeit in eine bestimmte Richtung gelenkt werden. Und damit unsere Aufmerksamkeit von möglichen anderen Richtungen abgelenkt werden. Spricht man von Zufall, denkt man an gewürfeltes oder von einem Herrgott entschiedenes Schicksal. Aber eine solche Einstellung kann leicht entmutigen, der notwendigen Folge einer Sache auf die Spur zu kommen."
„Okey. Sie sind ein wahrer Philosoph, Merker. Aber was bedeutet das jetzt in unserem Fall?"

„Dass wir einfach nichts ausschließen. Weder eine für uns nachvollziehbar motivierte Tat aus dem sozialen Umfeld, wie immer die auch aussehen mag. Also zum Beispiel Wut, Rache, Neid, verletzte Liebe. Aber wir schließen auch nicht ein unerwartetes Zusammentreffen aus, bei dem der Täter oder die Täterin der vermutlich wehrlos daliegenden Frau Stiche beibringt."
„Und warum? Auch aus Notwendigkeit?"
„Was immer Perversität genau bedeutet – dann sind offenbar diese Stiche die notwendige Folge. Aber schließen wir diese philosophischen Gedankengang und machen wir uns an die konkrete Ermittlungsarbeit."

Die gerichtsmedizinische Untersuchung des Taschenmessers erbrachte, dass es sich um die Stichwaffe handeln könnte. Die Wunden hätten mit diesem Messer verübt werden können. Aber leider habe er keinerlei Spuren mehr auf Schneide oder Griff gefunden, hatte Mühle erklärt. In der Sonderkommission Dustergrund machte sich keiner mehr Illusionen, dass der Fall schnell gelöst werden könnte.

10.

Zunächst standen der Trauergottesdienst und die Beerdigung an, nachdem die Gerichtsmedizin die Leiche freigegeben hatte. Die Kirche war voll. Auch Merker, und Schließer waren anwesend. Der Pfarrer hielt eine ans Herz gehende Predigt und erinnerte an das unermüdliche Wirken der Toten. Alle Gemeinemitglieder schienen innerlich zu schluchzen. Viele wussten gar nicht, was für ein hilfsbereiter Engel da gestorben war. Auf die inzwischen bekannt gewordenen Todesursachen ging der Pfarrer nicht ein. Alles lag ja in Gottes Hand.

Anschließend wurde die Tote beigesetzt. Merker und Schließer sahen sich dabei aufmerksam um, doch fiel ihnen nichts Besonderes auf. Ein Kollege hatte den Auftrag, möglichst alle Anwesenden zu fotografieren. Nach der Beerdigung verlief sich die Trauergemeinde. Ein paar Chormitglieder gingen anschließend mit dem Pfarrer ins Pfarrhaus, wo sie sich bei einem Kaffee der Toten erinnerten. Andere Einheimische trafen sich zu einem kleinen Umtrunk im „Auerhahn", wo in Erinnerung an die Buschmeierin angestoßen wurde. Allerdings wurden dabei nicht groß über die Verstorbene gesprochen. Vielleicht auch, weil einige Touristen unter den Gästen waren.

Merker hatte den Neffen der Toten nach der Beerdigung zur Seite gebeten. Die Befragung ergab aber nichts, was den Kommissar weitergeführt hätte. Der Neffe meinte zwar, dass man über Tote nichts Schlechtes reden solle, aber redete dann doch nur Schlechtes über sie. Seine Tante sei eine bigotte, unerfreuliche Zeitgenossin gewesen. Er habe bis auf ganz seltene Telefongespräche keinen Kontakt zu ihr gehabt. Er sei auch nur aus reinem Anstandsgefühl zur Beerdigung gekommen. Der Pfarrer habe ihm ein paar Familienfotos überreicht. Aus purer Freundlichkeit. Wie er, der Kommissar, ja wohl wisse, habe seine Tante in einem Testament alles der Pfarrge-

meinde überlassen. Viel werde es ja wohl nicht gewesen sein. Aber das wisse er natürlich nicht genau.
Merker aber wusste es. Er hatte das Testament eingesehen. Es ging um ein paar tausend Euro, ein paar Möbel, Kleider und sonstige Kleinigkeiten. Unwahrscheinlich, dass hier ein Grund für das Gewaltverbrechen gelegen haben könnte. Der Neffe selbst hatte ein Alibi, wie Merker von Kollegen in Stuttgart hatte überprüfen lassen.

Die Ermittlungen der nächsten Tage, Wochen und Monate führten zu keinem konkreten Ergebnis. Die Fotos von der Beerdigung brachten nichts. Alle erwachsenen Einwohner Dustergrunds waren befragt worden. Die einen hatten ein Alibi, die anderen nicht. Doch welcher allein Lebende hat schon für einen frühen Morgen ein Alibi? Viele Einheimische waren über Ostern oder die Osterferien ausgeflogen und teilweise im Ausland gewesen. Die handvoll Touristen brachten die Polizei auch nicht weiter.

Wochen später saßen Merker und Schließer nach der Arbeit bei einem Bier zusammen im „Schützen" in Wiesengrund. Die Soko war mannschaftsmäßig schon reduziert worden, da es andere aktuelle Fälle von Gewaltdelikten in der Region gegeben hatte.
„Liebe Kollegin", sagte Merker, „wir bleiben in Kontakt. Im Augenblick sehe ich uns an einem toten Punkt angelangt. Es ist wie verrückt, aber es gibt bisher keinerlei brauchbare Spur. Wir kommen einfach nicht weiter. Allerdings habe ich auch irgendwie den Eindruck, dass

die Bewohner von Dustergrund nicht mit vollem Herzen kooperieren."

„Wie meinen Sie das, Merker?"

„Das ist nur so ein vages Gefühl."

„Ah, ein Gefühl. Das wird sonst immer nur den Kolleginnen unterstellt."

„Spotten Sie nur, Schließer. Ich habe ja schon zugegeben, dass wir immer noch praktisch am Anfang stehen. Und das ist mehr als ein Gefühl. Wir wissen, dass wir nichts wissen."

„So was soll schon vor zweieinhalb Tausend Jahren ein Philosoph gesagt haben."

„Mag sein. Der musste aber auch keinen Mord aufklären."

„Wenn es denn ein Mord war."

„Wenn es denn ein Mord war. Sie haben Recht, Schließer. Halten Sie die Augen und Ohren auf. Sie leben hier. Informieren Sie mich, wenn Sie etwas Neues haben."

„Selbst wenn es nur ein Gefühl ist?"

„Selbst wenn es nur ein Gefühl ist", sagte Merker grinsend. „Wer weiß, wie lange uns dieser Fall noch beschäftigt. Sollten wir und da der Einfachheit halber nicht einfach duzen? Ich meine, wenn Ihr Mann nichts dagegen hat."

„Mein Mann?"

„Na ja. Als ich neulich bei Ihnen zu Hause anrief, meldete sich doch ein Herr Schließer."

„Ah, Sie meinen meinen Großvater? Seit dem Tode meiner Eltern wohne ich bei ihm und kümmere mich um ihn."

„Könnte er etwas dagegen haben?"
„Dass wir uns duzen?", lachte sie laut heraus. „Ich denke, darauf lasse ich es mal ankommen. Ich bin die Petra."
„Okey, ich bin der Heinz."

11.

Die Wochen strichen dahin, die Ermittlungen auch. Nach und nach wurde die Soko weiter ausgedünnt, denn es gab andere dringende Fälle. Fest in Wiesengrund war nur noch Schließer, die sich aber mit ihrem Kollegen um den Alltagskram kümmern musste.

„Wieder eine Kuh entlaufen?", fragte Merker, der zu einer Stippvisite in der Polizeistation vorbeischaute. Es gab zwar keinen konkreten Anlass im Fall der toten Pfarrhaushälterin, aber den Oberhauptkommissar ließ das nicht gelöste Rätsel dieses Verbrechens nicht ruhen. Auch hatte er offensichtlich Gefallen an der jungen Kollegin gefunden.
„Nein, die Kühe sind brav geblieben, aber offenbar wildert hier jemand."
„Na, dann Weidmannsheil!"
„Weidmannsdank. Was sagt eigentlich deine Frau dazu, dass du immer wieder Ausflüge nach Wiesengrund machst?"
„Meine Frau?"
„Na, ist das kein Ehering da an deiner Hand?"
„Ach so, der Ring. Ich krieg ihn einfach nicht runter. Wie

eingewachsen. Lach nicht, Petra! Ist kein Witz. Wir leben schon seit über einem Jahr getrennt, meine Frau und ich. Demnächst steht die Scheidung an. Irgendwann muss ich wirklich zum Juwelier oder Goldschmied gehen, damit der Ring aufgesägt wird."

„Pass nur auf deinen Ringfinger auf! Schade, dass unser Täter bei seiner Messertätigkeit nicht einen Finger verloren hat."

„Ja, das hätte uns die Arbeit sehr erleichtert. Aber in unserem Fall haben wir auch kein Quäntchen Glück. Und dazu kommt noch...."

„Dazu kommt noch was, Heinz?"

„Seit Anfang an habe ich das Gefühl, dass uns die Dustergründer irgendwie auflaufen lassen, irgendwie nicht an sich heranlassen."

„Wir sind hier im Schwarzwald."

„Meine liebe Schwarzwälderin, das meine ich nicht. Es geht nicht um Hinterwäldlerisches, nicht um Eigenbrödlerisches, es geht um...", stotterte er.

„Es geht um Eingemachtes."

„Wie bitte, Petra?"

„Du hast Recht. Auch ich spüre da ein ganz subtiles Abweisen."

„Also mir fehlen die richtigen Worte. Auf jeden Fall ist mir von Anfang an aufgefallen, wie fast jeder Befragte seine Ehrbarkeit und die der Dustergründer ungefragt betonte."

„Tja, die heile Welt im Schwarzwald."

„Mit einer erstochenen Pfarrhaushälterin."

II. Teil

Er fühlte sich völlig ausgebrannt, obwohl es doch keine große körperliche Mordsarbeit gewesen war. Aber es war seine erste geplante verbrecherische Handlung in seinem Leben. Erschöpft hatte er sich nach der Rückkehr in sein Haus in den Fernsehsessel fallen lassen. Nach und nach wurde ihm so richtig bewusst, was er da getan hatte. Nein, er bereute nichts. Sie hatte es verdient. Sie hatte mit der Buschmeierin zusammen die Hauptschuld auf sich geladen. Die beiden hatten als erste diese Stimmung erzeugt, die praktisch allgemein wurde. Er konnte und wollte da jetzt nicht weiter nachdenken. Langsam kam er zur Ruhe, fühlte sich wieder kräftiger. Sie hatten es verdient. Und wenn ihn die Polizei festnähme? Sollte sie doch. Was hatte das Leben noch großen Sinn nach seinem großen Verlust. Nach der ersten Tat hatte er so vor sich hingedämmert, nur das Lebensnotwendige getan. Er ahnte, dass das vor ihm liegende Jahr nicht viel anders werden würde. War das denn ein Leben?
Im Nachhinein verstand er es nicht, dass er ein Jahr lang nichts gegen das infame Verhalten dieser Weibes getan hatte. Sollte ihn die Polizei doch festnehmen! Egal. Frisch nach der Tat beherrschte ihn das Gefühl, das Richtige getan zu haben. Mochte es auch als Verbrechen gesehen werden von den andern. Aber war seine Rache nicht viel nachvollziehbarer als das böse Verhalten dieses Weibstücks? Sie hatte unschuldiges Leben auf dem Gewissen – wenn sie denn ein Gewissen gehabt hatte. Er selbst hatte nur schuldiges Leben auf dem Gewissen. Das war keine Last, nein, die Tat hatte ihm eine

Last vom Herzen genommen.

Er fühlte sich völlig ausgebrannt. Morden war dann doch nicht sein Ding, dachte er.
Auch wenn er der Überzeugung war, dass es nur konsequent und richtig gewesen war, seinen Rachefeldzug fortzusetzen. Nach allem, was die seiner Elli angetan hatten. Als wäre sie plötzlich eine Afrikanerin oder eine Asiatin geworden, eine Fremde, mit der niemand mehr etwas zu tun haben wollte. Dabei hatte man ihr doch nur ein fremdes Organ eingepflanzt, ohne dass sie ziemlich sofort gestorben wäre. Diese Monster! Bis auf das neue Herz war sie doch ganz die alte Elfriede gewesen. Bis auf das fremde Herz!

Doch mit jedem Tag, an dem der Kick der Untat in ihm abflaute, kam er mehr ins Grübeln. Voll innerer Unruhe fragte er sich grübelnd: War Elli nach der Operation wirklich die selbe Person wie zuvor? Bis auf das Herz war sie natürlich der gleiche Mensch. Und wenn sie ein männliches Herz eingepflanzt bekommen hatte? Die Spenderin oder der Spender war anonym. Ach, war das denn wichtig? War es nicht bloß ein Stück Fleisch gewesen? Wenn auch ein lebenswichtiges. Zum ersten Mal seit dem Tode seiner Frau versuchte er sich zu erinnern, wie es denn in ihm ausgesehen hatte, als er Elli nach der Operation umarmt, geküsst hatte. Klar, die Freude über die erfolgreiche OP hatte ihn beherrscht. Oder? Langsam wuchsen in ihm die Zweifel, dass alles mit ihm und Elli so problemlos harmonisch gewesen war. Hatte sie sich denn 100-prozentig damit abgefunden und da weiter gemacht, wo sie früher, vor der Operation, gelebt und gewerkelt hatte? Ihm kamen bei seiner Grübelei nach und nach Zweifel. Zunächst hatte natürlich die Sorge vorgeherrscht, dass das fremde Herz abgestoßen werden könnte. Aber die Ärzte hatten die Medikation gut im Griff und Elli machte willig alles mit. Aber eben mit dem Kopf? Mit dem Kopf nur? Da war ein fremdes Organ in ihr – mit einem fremden Gedächtnis. Wie? Das war doch Unsinn! Oder? Nein! Hat nicht jedes Organ, jeder Muskel, jede Zelle im Körper sein eigenes Gedächtnis? Geerbt oder antrainiert? Warum nicht auch das Herz? Natürlich auch ein Herz! So wie jeder Armmuskel oder Lippenmuskel. Man beugt den Arm, wie gewohnt, man lispelt ein Wort wie gewohnt. Der ganze Körper bis zur letzten Zelle ist ein Gewohnheitstier. Und aus dieser Jahrzehnte langen Gewohnheit war nun ein Organ herausgeschnitten worden, ein lebenswichtiges, und ein völlig fremdes eingesetzt worden mit einem vollständig anderen Gedächtnis! Das musste man, nein, frau, Elli sich einmal klar machen.

Und er erinnerte sich nach und nach, wie sich seine Frau sich das klar gemacht hatte. Wie sie mit diesem fremden Herzen fremdelte. Ohne es hätte sie nicht weiter leben können. Und mit ihm? Konnten sie mit ihm weiter leben? Elli hatte ihm das nie so deutlich gemacht, wie es allmählich in ihm deutlich wurde. Und es war ja nicht irgendein Organ! Wäre es nur der rechte kleine Finger oder der linke große Zeh gewesen. Nein, das Herz! Wer kannte hier im Schwarzwald nicht die Geschichte vom „Kalten Herzen". Ach, Unsinn! Die ganze Symbolik von Herzensleid und Herzensschmerz oder Herzensfreude und Herzensliebe! Als wäre das Herz die Seele. Herz war doch nur ein Wort, Seele nur ein Wort. Die alten Griechen sollen die Leber als Sitz der Seele verstanden habe, glaubte er sich zu erinnern. Auf jeden Fall nur Metapher, Wörter also, Lufthauche, von unseren Stimmwerkzeugen geformt. Und in jedem Land und in jeder Sprache klang es anders und stimmte genauso richtig oder falsch. Halt! Halt!, schrie er auf, in was für einem Gedankenlabyrinth stolperst du da herum! War das damals wirklich alles in Ellis Kopf vor sich gegangen? Hatte sie sich wirklich selbst fremd gegenüber gestanden?

Wochenlang grübelte er darüber nach. Eines Tages sah er sich im Spiegel. Er hatte sich seit dem Tod seiner Frau natürlich jeden Tag irgendwann und irgendwie im Spiegel gesehen, auch in den ganzen Jahren davor. Aber an jenem Tag hatte ihn das Grübeln offenbar reif gemacht, sich im Spiegel ungeschminkt zu sehen. Schlagartig kam ihm die Erkenntnis: War es gar nicht Elli gewesen – sondern er? Oder sie beide? Auf jeden Fall auch er! Auch ihm war Elli fremd geworden mit dem fremden Herzen. Nein, nein! Er hatte sie doch so ermutigt, ihr alle seine Kraft gegeben, sie auf Händen getragen – und das nach zwanzigjähriger Ehe! Oder? Oder? Oder?

1.

Das Telefon klingelte und Hauptkommissar Merker hob ab. Bevor er noch seinen Namen nennen konnte, hörte er die Stimme von Petra Schließer:

„Wieder eine Tote in Dustergrund. Genau nach einem Jahr."

„Hallo, liebe Petra. Auch dir einen guten Morgen. Also nochmals in aller Ruhe..."

„Heinz, was heißt hier 'in aller Ruhe'? Wieder eine alte Frau ermordet. Wieder mit einer Schädelwunde und Stichwunden im Herz. So sieht es zumindest auf den ersten Blick aus. Und wieder an einem 20. April."

„Ein seltsamer Zufall."

„Es gibt keinen Zufall. Habe ich von dir gelernt. Und wieder an Hitlers Geburtstag."

„Wie bitte?"

„Das hat mir mein Großvater gesagt. Kam bei ihm ganz automatisch, als ich heute mit ihm frühstückte und die Nachricht bekam, dass man wieder eine Frau tot aufgefunden habe."

„Also, Hitler?"

„Keine Ahnung. Aber von vornherein ausschließen können wir das wohl auch nicht."

„Nein, du hast Recht. Okey, ich komme und bringe die Spusi und den Rechtsmediziner mit. Wo liegt die Tote?"

„Sie liegt nicht."

„Wie bitte?"

„Sie sitzt...ich meine, die Leiche ist auf der Eckbank im Schankraum zusammengesunken. Es ist Ursula Treiber."

„Ist das nicht..."
„Ja, die Wirtin vom 'Auerhahn'."
„Na, auf jeden Fall hat es nichts mit Ostern zu tun wie das letzte Mal. Ein ganz normaler Montag."
„Normaler Montag? Normaler? Vielleicht für deine Mordkommission. Stell dir nur die Medien und die Schlagzeilen vor."
„Jetzt übertreib mal nicht. Das mit Hitlers Geburtstag... auf jeden Fall erwähn' das niemandem gegenüber. Verstanden! Sag das am besten auch deinem Großvater!"
„Lieber nicht. Das würde ihn möglicherweise erst recht dazu ermuntern, alle darauf hinzuweisen."
„Das fehlte gerade noch! Also bis nachher. Sperr die Wirtschaft ab."
„Schon geschehen. Bring mir bitte was zum Essen mit!"
„Wie bitte?"
„Na, zwei belegte Brötchen oder wenigstens zwei Bretzeln. Den 'Auerhahn' musste ich ja schließen. Und in Dustergrund gibt es nicht einmal einen Tante-Emma-Laden. Ich kann von hier ja nicht weg."
„Okey. Käse oder Schinken?"
„Salami."

2.

„Na, Dr. Mühle?", fragte Merker. „Natürlich nur die mutmaßliche Todesursache. Und der mutmaßliche Zeitpunkt des Todes. Ich weiß, die Obduktion..."
Der Gerichtsmediziner grinste und antwortete:

„Auf den ersten Blick wie damals vor einem Jahr schon mal in Dustergrund: Eingeschlagener Schädel und mehrere Stichwunden in der Herzgegend."
„Und in welcher Reihenfolge..."
„...werde ich Ihnen hoffentlich nach der Obduktion sagen können. Aber ich vermute, dass Schlag und Stiche ziemlich rasch auf einander folgten. Der Tod erfolgte wohl vor acht bis zehn Stunden. Aber wie gesagt..."
„Ich weiß: erst die Obduktion. Einen herunter gefallenen Ast sehe ich hier nicht. Unfall kann man wohl ausschließen."
„Nun, Herr Merker, das ist aber ihre Aufgabe. Allerdings sehen wir da auf dem umgestürzten Stuhl Blut an der Sitzkante."
„Ja, das sehen wir."
„Wenn die Spusi ihre Arbeit gemacht hat, lassen Sie den Stuhl bitte in die Gerichtsmedizin bringen. Dann kann ich das verifizieren. Auf den ersten Blick könnte der Stuhl die Tatwaffe gewesen sein."
„Chef", unterbrach einer der Spusi-Leute das Gespräch und zeigte den beiden ein längeres Küchenmesser, blutbefleckt. „Lag hier unter dem Tisch."
Dr. Mühle warf einen Blick darauf und sagte:
„Wenn das die Mordwaffe ist...nein, die Stiche ins Herz der Frau vor einem Jahr waren sicher nicht mit ihr verübt worden."
„Das sagen Sie mir schon vor der Obduktion?", meinte Merker grinsend.
„Ja, so weit lehne ich mich diesmal aus dem Fenster. Ich nehme neben der Leiche gleich Stuhl und Messer mit,

wenn das okey ist."

3.

Die wieder in alter Stärke aufgestellte Sonderkommission Dustergrund trat am Nachmittag des 20. April 2015 zu einer ersten Lagebesprechung nach dem gewaltsamen Tod der Ursula Treiber zusammen. Die Mitglieder der Kommission diskutieren lange darüber, ob es um einen Serientäter oder im zweiten Fall um einen Trittbrettfahrer handeln könnte.
„Beziehungsweise Serientäterin oder Trittbrettfahrerin", warf Schließer ein.
„Ja, natürlich, Petra", sagte Merker. „Ob Mann oder Frau: Es gibt ganz offensichtlich einige Übereinstimmungen bei den Taten. Anderes wiederum ist verschieden. Das ist ja ganz offensichtlich. Das brauchen wir jetzt nicht nochmals auflisten. Wir müssen beiden Thesen nachgehen."
„Spätestens in einem Jahr wissen wir, ob es um einen Serientäter handelt", maulte Kevin.
Merker blickte ihn wortlos an.
„Schon gut, Chef, sorry, war eine dumme Bemerkung. Ich denke, wir sollten herausfinden, ob etwas die zwei Opfer verbindet. Abgesehen davon, dass beide Anfang 60 waren und offenbar Busenfreundinnen. Vielleicht bringt uns das weiter. Und dann natürlich das ganze familiäre Umfeld und ihr berufliches. Sie war ja Wirtin vom 'Auerhahn'. "

„Na, etwas Gemeinsames gibt es jedenfalls", meinte Schließer. „Die Wirtin war wie die Pfarrhaushälterin ein großes Tratschmaul, wenn auch nicht ein so bigottes wie die Buschmeier. Das ist uns doch schon bei der Untersuchung des ersten Mordfalls klar geworden. Nicht wahr, Heinz?"
„Sehe ich auch so. Also los! Wir beiden nehmen uns morgen die Wohnung der Wirtin im Obergeschoss des 'Auerhahns' vor und sprechen mit ihren beiden Mitarbeitern. Du, Kevin, und die andern interviewen nach und nach die Einheimischen und Urlauber, so weit vorhanden. An die Arbeit!"
„Entschuldigung", bremste Schließer. „Und Hansen? Und Hitler?"

Merker sah sie an, als habe er Zahnschmerzen; die anderen Soko-Mitglieder glotzten sie fragend an.
„Hansen ist der Tourist, der hier wieder in der Pension 'Erika' wohnt, genau wie vor einem Jahren", sagte Schließer und fügte mit Unschuldsmine hinzu: „Ist das Zufall?"
Keiner hörte ihr richtig zu, fast im Chor hieß es:
„Was hat das mit Hitler zu tun?"
„Der 20. April war Hitlers Geburtstag. Damals große Jubelfeiern. Wird wieder bei Neo-Nazis gefeiert. Und ist in den vergangenen Jahren schon öfters Anlass für böse Überraschungen gewesen. Aber dass an diesem Tag in zwei auf einander folgenden Jahren jemand in Dustergrund umgebracht wird, kann natürlich reiner Zufall sein und mit Hitler gar nichts zu tun haben."

Merker unterbrach ungeduldig.
„Auf diese eventuelle Spur hat uns der Großvater der Kollegin gebracht. Keinem von uns wäre das wohl aufgefallen. Die Ermittlungen im ersten Todesfall hat keinerlei Hinweise gebracht, dass es hier einen Zusammenhang geben könnte."
„Nein", sagte Schließer, „da gab es keinen Hinweis in dieser Richtung. Aber niemand von uns hat das überhaupt in Betracht gezogen."
„Nicht einmal dein Großvater, nehme ich an", rief Kevin.
„Okey", sagte Merker, „wir schließen auch die Hitlergeschichte nicht aus. Zunächst finde ich aber die Hansen-Spur näherliegend. Wir haben ihn zwar vor einem Jahr schon mal befragt und auch an seinem Heimatort nachgefragt. Die Kollegin und ich werden ihn uns nachher gleich mal vornehmen."
„Auerhahn!", rief Schließer, „wenn er nicht wieder hinter seinem Auerhahn her ist."
„Aber der ist doch geschlossen", meinte Kevin.
„Nein, nein, der ist Vogelkundler und hinter Auerhähnen her", informierte ihn die Kollegin.

4.

Das war Hansen aber an diesem Nachmittag nicht mehr. Er saß bei einem Bier im Aufenthaltsraum der Pension Erika mit Inhaber Fischeler zusammen, als Merker und Schließer eintrafen.
„Und wo bekomme ich jetzt was zum Essen in diesem

Dustergrund?", wollte Hansen gerade wissen.

„Die nächste Gastwirtschaft ist in Wiesengrund. Tut mir leid, aber wer hätte denn ahnen können, das jetzt auch noch meine alte Freundin ermordet wird. Keine Ahnung, wie das mit dem 'Auerhahn' weiter gehen wird. Ah, da kommen ja gerade die Polizeivertreter. Wissen Sie schon Näheres? Ich als Bürgermeister..."

„Erfahren als erster, wenn wir etwas mitzuteilen haben", unterbrach ihn Merker. „Herr Hansen, Sie sind zufällig auch wieder hier. Immer wenn es in Dustergrund einen Toten gibt..."

„Tja, wie das Leben so spielt. Aber ich war vor drei und vor vier Jahren schon hier, ohne dass ich jemanden umgebracht hätte."

„Das ist richtig", warf Fischeler ein. „Ich meine, dass Herr Hansen schon das fünfte Jahr hier ist."

„Haben Sie sonst noch Gäste in der Pension?"

„Ja, ein junges Ehepaar. Das verbringt hier seine Flitterwochen, wie es erzählte. Die beiden sind aber im Augenblick nicht da. Sie wollten einen Ausflug an den Titisee machen, hatten sie mir heute Vormittag erzählt."

„Und wo waren Sie beide gestern Abend beziehungsweise heute nach Mitternacht?", fragte Schließer.

„Im Bett natürlich", kam es wie aus einem Munde. Und Hansen fügte als Reaktion auf die skeptische Miene der Polizeibeamten hinzu: „Ich in meinem Bett. Herr Fischeler in seinem, nehme ich an. Ich gehe immer ziemlich früh in die Federn, denn ich stehe immer in aller Hergottsfrühe auf. Sie wissen ja: Auerhähne."

„Okey", sagte Merker. „Wir müssen Sie beide aber trotzdem noch getrennt befragen. Herr Fischeler, können wir uns in einem anderen Raum unterhalten. Sie, Schließer, bleiben mit Herrn Hansen am besten hier."

Merker folgte Fischeler in dessen Büro. Der setzte sich hinter seinen Schreibtisch, Merker nahm davor Platz, sah ihn forschend an und fragte:

„Erzählen Sie mir von Ihrer alten Freundin!"

„Na, ja, ich kenne Ursula, also Frau Treiber schon seit meiner Kindheit."

„Ja."

„Also, wir hatten in unserer Jugendzeit eine Zeitlang etwas miteinander. Aber dann hat sie den Sohn vom 'Auerhahnwirt' geheiratet. Nach dessen Tod haben wir wieder etwas engeren Kontakt gehabt."

„Was heißt das? Sie waren wieder ein Paar?"

„Na, ein Freundespaar. Sie ist ja, ich meine: Sie war ja inzwischen eine alte Frau."

Merker verkniff sich zu sagen, dass Fischeler dagegen noch immer ein junger Mann sei und machte weiter:

„Hatte Frau Treiber Feinde? Gab es Konflikte? Privat? In der Wirtschaft von ihr?"

„Also im 'Auerhahn' ist eigentlich alles gut gelaufen mit der Köchin und der Bedienung. Das hätte sie mir sicher erzählt, wenn es da Probleme gegeben hätte. Und sonst? Feinde? Na ja, sie war schon ein ziemliches Lästermaul. Wie ihre Busenfreundin, die Margarete Buschmeier. Hören Sie, Herr Kommissar, die kam doch am gleichen Tag vor einem Jahr ums Leben?"

„Ja, auch an einem 20. April."

„Genau ein Jahr danach! Hat das denn etwas zu bedeuten?"

„Sagen Sie es mir, Herr Fischler! Was fällt Ihnen dazu ein?"

„Keine Ahnung. Was hat das alles mit dem 20. April zu tun?"

„Wer weiß. Hitlers Geburtstag?"

„Wie bitte? Aber der ist doch schon lange tot."

„Aber nicht für alle. Gibt es hier Neonazis?"

„In Dustergrund?! Sie machen wohl Scherze, Herr Kommissar. Ich kenne hier jeden. Das hätte ich 100-prozentig mitbekommen, wenn da jemand...nein, das hier sind alles ehrenwerte Leute."

„Sie sagten, die Tote sei ein Lästermaul gewesen. Fühlte da sich niemand auf den Schlips getreten?"

„Na, vermutlich schon ab und zu. Aber dann hat man eben zur Retourkutsche gegriffen. Aber deswegen bringt doch keiner einen um!"

„Nun, umgebracht wurde sie. Daran ist nicht zu deuteln."

„Ah, und ich bin jetzt verdächtig...und ich habe kein Alibi."

„Und Herr Hansen hat kein Alibi. Und die halbe Gemeinde Dustergrund wird auch kein Alibi haben. Davon abgesehen: Hat sich schon die Presse bei Ihnen gemeldet?"

„Nein, muss ich das befürchten?"

„Wer weiß?"

5.

Schließer war mit Merker auf dem kurzen Weg zum „Auerhahn" und berichtete ihm über ihr Gespräch mit Hansen:
„Das Ergebnis ist gleich Null. Er will die Wirtin eben bei Gasthausbesuchen flüchtig kennen gelernt haben. Wir haben den Hansen ja schon vor einem Jahr überprüfen lassen. Er scheint ein intelligenter Mensch zu sein. Warum sollte er hierher kommen und zwei alte Frauen umbringen?"
„Nun, ein Täter für eine der Frauen wäre als Ergebnis ja auch nicht schlecht. Aber sie haben Recht: Der Hansen fällt hier auf als Fremder. Wir müssen aber doch noch einmal der Sache nachgehen. Vielleicht gibt es ja doch eine Beziehung zu einer der Frauen oder zu beiden Opfern. Auch wenn es unwahrscheinlich zu sein scheint."

Vor dem „Auerhahn" warteten die dort hinbestellte Köchin und die Bedienung. Es handelte sich um Mutter und Tochter. Merker nahm sich im Wirtschaftsraum die Mutter vor, Schließer die Tochter in der Küche. Doch die beiden Frauen wussten nichts mitzuteilen, was den Polizeibeamten weiter geholfen hätte. Am späten Abend waren die beiden nach Hause gegangen, wie sie aussagten. Sie lebten zwar im selben Haus, hatten aber ihre eigenen Schlafzimmer. Theoretisch hätte also jede von ihnen später wieder in den „Auerhahn" zurückkehren können. Aber offenbar gab es dafür kein Motiv.

Anschließend gingen Merker und Schließer ein Stockwerk nach oben und durchsuchte die Wohnung der Toten. Doch ohne verwertbares Ergebnis.

Als die beiden aus dem Haus traten, warteten da schon Medienvertreter und bestürmten Merker mit Fragen:
„Handelt es sich um einen Serientäter?"
„Ist es ein Psychopath, der es auf ältere Frauen abgesehen hat?"
„Warum der 20. April? Sie wissen doch, das war Hitlers Geburtstag. In der Neonazi-Szene feiern sie das? Gibt es da eine Spur?"
„Stammt der Täter aus Dustergrund? Oder ist es ein Fremder?"
„Kann es auch eine Täterin gewesen sein?"

„Halt, halt!", rief Merker. „Unsere Soko steht noch ganz am Anfang der Ermittlungen. Wir ermitteln in alle Richtungen. Bisher gibt es aber noch keine handfeste Spur. Sobald wir etwas Konkretes wissen, werden wir es Ihnen mitteilen, soweit es die Ermittlungen zulassen."
„Aber, zwei Mal 20. April! Das ist doch kein Zufall", warf ein Journalist ein.
„Das wissen wir nicht. Wir schließen nichts aus. Im Übrigen ist noch völlig unklar, ob die beiden Todesfälle etwas mit einander zu tun haben."
„Es könnte sich also jetzt um einen Trittbrettfahrer handeln, Herr Merker?"
„Wie ich schon sagte: Wir schließen keine Ermittlungsrichtung aus. Lassen Sie uns unsere Arbeit machen. Wie

gesagt: Wenn wir etwas Handfestes wissen, werden Sie informiert."

6.

Etwas Handfestes aber gab es an diesem Tag nicht und auch nicht in den nächsten Tagen. In der Gaststätte wurden wie erwartet unendlich viele Spuren gefunden. Selbst wenn man die DNA jedes gefundenen Haars, jeder gefundenen Hautschuppe festgestellt hätte, bliebe unklar, an welchem Tag sie in den „Auerhahn" gelangt waren.

In den folgenden Monaten wurde wie schon im Jahr zuvor die Sonderkommission Dustergrund immer weiter verkleinert, die Polizeibeamten in anderen Fällen eingesetzt. Offiziell beschäftigten sich am Ende nur noch Merker und Schließer mit den beiden Todesfällen. Und das auch nicht mehr ausschließlich. Auch die Medien hatten das Interesse verloren. Die sensationellen Berichte über die „Hitler-Geburtstags-Morde" waren nur einige Tage gelaufen. Zuletzt hieß es: „Was passiert am 20. April im nächsten Jahr?"

„Ja, das ist die Frage: Was passiert in drei Monaten am 20. April?", fragte Schließer Monate später Merker bei einem Mittagessen in dem von einem neuen Pächter wieder eröffneten „Auerhahn".
„Ich hoffe, dass nichts passiert. Aber wir müssen na-

türlich vorsorgen. 24 Stunden Einsatz an diesem Tag mit der ganzen Mannschaft. Es wäre eine Katastrophe, wenn sich ein ähnliches Verbrechen ereignen sollte."
„Ja, natürlich. Aber ermittlungstechnisch wäre es eine Katastrophe, wenn nichts passieren sollte."
„Liebe Petra, ich weiß, was du meinst, aber das spricht man eigentlich nicht aus."
„Bei einem dritten Fall könnte es endlich eine heiße Spur geben. Wir tappen fast zwei Jahre nach dem ersten Todesfall und fast ein Jahr nach dem zweiten noch immer im Dunkeln. Es ist so frustrierend. Was haben wir übersehen? Was übersehen wir, Heinz?"
„Wer weiß? Was mich von Anfang an und noch immer irritiert ist die, wie soll ich sagen, die Atmosphäre in Dustergrund."
„Atmosphäre?"
„Na, ja. Alle Eingeborenen..."
„Eingeborenen?"
„Na, die Einheimischen, die Dustergründer. Alle geben sich scheinbar kooperativ, mitteilsam. Aber eben nur scheinbar. Doch habe ich das dunkle Gefühl, dass irgend etwas nicht stimmt. Als würde da etwas nicht ans Tageslicht kommen, kommen sollen."
„Ah, das schon mal geäußerte Gefühl!"
„Du hast damals vom 'Eingemachten' gesprochen. Wer weiß. Nichts gegen Gefühle, liebe Petra. Sie dürfen natürlich nicht die Ermittlungsarbeit ersetzen, aber wenn sie Anstoß zu neuen Ermittlungsrichtungen geben... "
„Und die wären?"
„Wenn ich das nur wüsste. Wie ich schon sagte: Ein un-

bestimmtes Gefühl..."
„Dass uns etwas verheimlicht wird?"
„Nicht unbedingt. Ich habe nicht das Gefühl, dass die Einheimischen..."
„Unsere Eingeborenen."
„Dass die Einheimischen uns konkrete Hinweise verbergen oder verweigern würden. Aber es gibt da etwas, zumindest habe ich dieses Gefühl, als gebe es da etwas Unausgesprochenes, etwas... Ach, du merkst, wie ich herumstottere. Vielleicht irre ich mich auch, bilde mir nur etwas ein."
„Nein, Heinz, da könntest du schon Recht haben. Von den zwei Verbrechen abgesehen ist alles so übermäßig ehrbar, ich meine alle Personen. Sie alle, die zumindest, die ich gesprochen habe, sind so ungemäße Ehrenmänner, Ehrenfrauen. Als wäre vor den Verbrechen alles eitel Sonnenschein gewesen. Ja, ich denke, du fühlst recht. Etwas ist nicht stimmig."
„Es ist zum Verrücktwerden: Seit fast zwei Jahre ermitteln wir. Und einziges Ergebnis: ein vages Gefühl, das uns auch nicht weiter bringt. Und ich will wirklich nicht, dass uns ein drittes Verbrechen weiter bringt. Hallo, Kellner, bringen Sie mir einen Schnaps, ein Kirschwasser. Willst du auch eins, Petra?"
„Schnaps ist Schnaps und Dienst ist Dienst."
„Um 12 Uhr mittags haben wir heute Dienstschluss gemacht. Also?"
„Willst du mich unter Alkohol setzen?"
„Willst du erst deinen Großvater um Erlaubnis fragen?"

III. Teil

Wer war meine Elli? Sie war doch so sanft, dass sie niemandem ein Leid hätte antun können. Sie verzichtete auf ihren Egoismus zugunsten der Egoismen der anderen. Ja, sie fühlte die Schmerzen anderer stärker als ihre eigenen. Eigentlich war sie nie ein Kind gewesen, denn Kinder sind doch zunächst ihr eigener Leib, ihr eigenes Bewusstsein. Sie war großzügig nie sich selbst gegenüber. Da sparte sie immer. Ich habe erst durch ihren Tod richtig begriffen, dass sie sich nur an andere verschwendete. Vor allem an mich. Aber auch an dritte, an Wildfremde. So opferte sie sich am Ende für das Seelenheil der andern. Was sag ich? Seelenheil? Nein, sie opferte sich absurderweise der Selbstsucht, der Dummheit, der Erbärmlichkeit der vielen anderen. Und ich habe sie nicht davon abgehalten. Ich hatte nicht für möglich gehalten, dass sie so weit hätte gehen können. Sich selbst aufzugeben! Ich habe versagt. Ich hätte Elli vor sich selbst schützen müssen. Doch ich hatte die Gemeinheit der in Dustergrund einfach nicht fassen können. Und nicht vorausahnen können, wie Elli reagiert.

Ellis armes Herz! Aber es war ja ein fremdes. Vielleicht hat das Gedächtnis des fremden Organs erst so weit geführt, dass Elli sich nicht nur über alles Maß sich selbst vergaß, sondern auch mich. Sogar mich! Denn als sie von hier ging, ließ sie ja auch mich zurück! Mich, dem sie doch immer alles zu opfern bereit gewesen war! War sie also zum ersten Mal egoistisch gewesen? Ja, offenbar war der Druck der vielen anderen so übermächtig gewesen. Oh, wie ich die vielen an-

deren deshalb so hasse. Wie konnten sie nur so so engstirnig, so mitleidlos, so gemein, so böse sein.

1.

Schon am Vorabend des 20. April 2016 begann der Einsatz der Sonderkommission Dustergrund in alter Sollstärke. Schließer hatte Merker zuvor informiert, dass der Herr Hansen in diesem Jahr nicht in der Pension Erika nächtige. Ob das nun ein Zufall sei oder nicht?
Merker selbst löste sich ab Mitternacht mit Kollegen und Kolleginnen ab. Sie patrouillierten teilweise durch die Straßen der Gemeinde, saßen im Auto, dösten abwechselnd. Bis zum Morgen blieb aber alles ruhig. Man wurde abgelöst. Merker machte sich nach Hause auf, um etwas Schlaf zu finden. Er hatte eine entsprechende SMS an Petra geschickt, da er sie nicht aus dem Schlaf schrecken wollte. Sie war erst am späteren Vormittag im Einsatz.

Petra, die nach dem Aufwachen beruhigt die SMS gelesen hatte, bereitete gerade für sich und ihren Großvater das Frühstück zu, als das Telefon klingelte. Am anderen Ende meldete sich eine erregte Stimme:
„Hallo, hier ist Pfarrer Obermeister. Entschuldigen Sie die Störung, Frau Schließer. Ich hoffe, dass Sie mich nicht für einen Psychopathen halten, aber...aber..."
„Was ist denn passiert?", fragte sie.
„Vielleicht gar nichts Besonderes", sagte er, „aber weil heute doch wieder ein 20. April ist."
„Nicht wieder eine Leiche!"
„Nein, nein, Frau Schließer. Vielleicht bedeutet es ja auch gar nichts, aber..."

„Herr Pfarrer, ganz ruhig! Erzählen sie einfach der Reihe nach!"

„Also, weil heute doch der 20. April ist, habe ich mich an den Tod meiner damaligen Haushälterin erinnert. Ich habe mir vorhin mein Frühstück zubereitet, ich habe ja noch keine geeignete Nachfolgerin als Haushälterin gefunden, also ich bereite mir mein Frühstück zu und trete dabei an das Küchenfenster. So wie damals die arme Frau Buschmeier. Und was sehe ich da?"

„Und was sehen Sie da?"

„Da steht in aller Herrgottsfrühe eine Person, offenbar ein Mann auf dem Friedhof vor einem Grab."

„Ist das so ungewöhnlich?"

„Eigentlich nicht. Aber so in der Frühe doch nicht selbstverständlich. Und dann eben 20. April."

„Gut. Und weiter?"

„Ich war irgendwie beunruhigt, neugierig, ich weiß auch nicht. Ich ging rüber zum Friedhof. Der Mann, vermutlich war es einer, war weg, der Friedhof leer. Ich ging zu der Stelle, wo die Person gestanden haben musste. So genau hatte ich es ja von meiner Küche auf die Entfernung nicht gesehen. Ich suchte so ein wenig herum. Da habe ich ein Grab gefunden, auf dem ein großer frischer roter Rosenstrauch lag. Und was lese ich auf dem Grabstein?"

Schließer musste an sich halten, um ganz ruhig zu bleiben und ganz unaufgeregt zu fragen:

„Und was haben Sie da gelesen?"

„Den Namen Elfriede Müller. Und darunter das Geburtsdatum 7.8.1973."

„Ja, gut. Kommen Sie bitte zum Punkt!"
„Ja, jetzt kommt es: Das Sterbedatum ist 20.4.2013."
„20.4.2013?!"
„Ja, Frau Schließer, die Frau ist vor vier Jahren am 20. April gestorben. Vielleicht ist das ja nur ein Zufall..."
„Es gibt keine Zufälle."
„Wie bitte?"
„Vergessen Sie 's, Herr Pfarrer. Wer war diese Frau?"
„Ich kannte sie nicht, sie starb ja vor meinem Amtsantritt hier in Dustergrund. Deshalb war mir der Todestag natürlich auch nicht bekannt. Ich bin dann zurück ins Haus und habe im Kirchenbuch nachgeschaut. Diese Frau Müller wurde ein paar Tage nach ihrem Tod beerdigt, von meinem Vorgänger damals. Es gibt da noch einen Alois Müller, offenbar der Ehemann der Verstorbenen, er ist Gemeindemitglied, doch habe ich ihn noch nie in der Kirche gesehen. Zumindest erinnere ich mich nicht daran. Ich habe ihn nie richtig kennen gelernt. Na ja, vielleicht hatte ich mich ihm wie den meisten Gemeindemitgliedern mal vorgestellt, aber.... Was meinen Sie dazu? Ich weiß natürlich nicht, ob das ganze irgendwie..."
„Herr Pfarrer, es war richtig, dass Sie mir Ihre Beobachtung mitgeteilt haben. Ob uns das weiter hilft, ist natürlich eine andere Frage. Bitte sprechen Sie mit niemandem darüber. Wir wollen ja nicht Anlass für mögliche Gerüchte geben."
„Nein, nein, auf keinen Fall. Ich hielt es nur für meine Pflicht. Einfach wegen dieser Koinzidenz, diesen 20. April. Sie verstehen.."

„Ja, wie gesagt, danke ich Ihnen für diese Mitteilung. Ah, Sie sagten, Herr Müller stehe in der Gemeindemitgliederliste. Wo wohnt er denn?"
„Augenblick, ja, Freiburger Straße 3. Was wollen Sie denn jetzt machen?"
„Die übliche Polizeiarbeit, Herr Pfarrer. Also, wie gesagt, diese Sache bleibt unter uns. Danke nochmals und einen schönen Tag."

Petra Schließer schnaufte tief durch. War das vielleicht eine Spur? Sie überprüfte den Namen Elfriede Müller und den Todestag im Polizeicomputer, doch ergab sich daraus nichts. Offensichtlich hatte es sich damals um kein Delikt gehandelt. Zuerst wollte sie Merker anrufen, unterließ es aber. Er hatte seinen Schlaf verdient. Sie schickte ihm eine SMS, dass er sie doch anrufen solle, wenn er aufgewacht sei. Es gebe, Gott sei Dank, noch keine neue Leiche, zumindest nicht bisher. Aber der Pfarrer von Dustergrund habe ihr gerade einen Hinweis gegeben, der vielleicht vielleicht mit der Sache etwas zu tun habe. Sie werde der Sache jetzt mal nachgehen. Auf ihrem Handy könne er sie erreichen.

Auf nach Dustergrund. Sie musste der Angelegenheit gleich nachgehen. Vielleicht ja nur, um die Sache abhaken zu können. Dieser verdammte 20. April.

2.

Schließer fühlte einen stechenden Schmerz am Hinterkopf. Ihr war schwindlig. Langsam kam sie zu sich. Wo war sie? Was war geschehen? Sie lag...wo lag sie? Was machte sie hier? Sie öffnete langsam die Augen. Sie sah über sich eine Holzdecke. Sie lag auf einem Sofa. Ihr Schädel brummte. Vorsichtig setzte sie sich auf und schaute um sich. Und da sah sie ihn. Er saß ihr in einem Sessel gegenüber. Auf seinen Beinen lag ein Jagdgewehr. Sie wollte sich aufrichten, doch da ergriff er das Gewehr, richtete es auf sie und befahl:

„Bleiben Sie sitzen!"

Langsam kam Petra die Erinnerung zurück. Da saß ihr dieser Alois Müller gegenüber. Er muss sie niedergeschlagen haben. Sie war nach Dustergrund gefahren und hatte an seiner Haustür geklingelt. Zweimal, dreimal. Dann wurde geöffnet. Da stand der Mann und schaute sie an. Nicht fragend, nicht irritiert, wie aus einer anderen Welt. Sie hatte gesagt, dass sie ein paar Informationsfragen habe. Ob sie eintreten könne. Um was es denn gehe. Um seine vor drei Jahren gestorbene Frau, sagte sie. Müller hatte kein Zeichen des Erstaunens oder sonst eine Gefühlsregung gezeigt. Mit einer Geste lud er sie ein hereinzukommen. Drinnen hatte sie sich umgedreht und schloss die Tür geschlossen. Da hatte er sie offensichtlich von hinten niedergeschlagen. Mit was auch immer. Der Schädel schmerzte. Sie tastete mit einer Hand an den Hinterkopf zu der Beule. Ihr Handy klingelt. Sie wollte danach greifen.

„Lassen Sie das! Jetzt wird nicht telefoniert!"
„Warum haben Sie mich niedergeschlagen?"
„Warum sind Sie gekommen?"
„Ich wollte nur eine Information - zu Ihrer Frau"
„Zu Elfriede? Und ich dachte...egal. Was wollen Sie wissen? Sie ist tot."
„Ja, sie ist genau heute vor drei Jahren gestorben."
„Wem sagen Sie das?"
„Ich habe es erste heute erfahren. Für mich ist das neu. Neu ist aber nicht für mich, dass genau heute vor zwei Jahren in Dustergrund die damalige Haushälterin des Pfarrers gewaltsam ums Leben gekommen ist. Und genau heute vor einem Jahr in Dustergrund Ursula Treiber gewaltsam ums Leben gekommen ist. Und da wollte ich einfach fragen, ob Sie, Herr Müller, mir weiterhelfen können. Alles nur ein Zufall? Aber nachdem Sie mich niedergeschlagen haben und mir jetzt mit einer Waffen gegenüber sitzen, habe ich den Verdacht, dass es vielleicht doch kein Zufall ist. Auch wenn ich den Zusammenhang nicht erkenne. Ihre Frau starb doch eines natürlichen Todes."
Müller, der ihren Worten regungslos und ausdruckslos gefolgt war, richtete sich steil auf und richtete erneut die Waffe auf sie.
„Ein natürlicher Tod?", krächzte er bitter. „Einen natürlichen Tod nennen Sie das?"
„Aus den Akten geht nicht hervor, dass an jenem Tag ein Verbrechen stattgefunden haben könnte. Zumindest..."
„Seien Sie still! Sie wissen gar nichts. Gar nichts wissen Sie."

„Dann klären Sie mich bitte auf! Bitte, klären Sie mich auf, damit ich wenigstens weiß, warum sie mich niedergeschlagen haben, warum sie mich mit dem Gewehr bedrohen, warum Sie mich vielleicht erschießen wollen."

3.

Merker wachte am Vormittag nach einem kurzen Schlaf auf und entdeckt die SMS der Kollegin auf seinem Handy. Er wählte ihre Mobil-Nummer, doch keine Antwort Petras. Er versuchte es erneut, doch niemand antwortete. Er probierte es in gewissen Abständen mehrmals erfolglos. Dann rief Merker seinen Kollegen Kevin an, der in Dustergrund im Einsatz war, doch der wusste von nichts. Es sei alles ruhig hier in Dustergrund. Da suchte Merker die Telefonnummer des Pfarramts heraus.
„Hier Hauptkommissar Merker. Herr Pfarrer, meine Kollegin hat heute Kontakt mit Ihnen gehabt. Ich kann sie leider nicht erreichen. Können Sie mir bitte sagen, um was es sich dreht!"
Merker hörte gespannt zu und wurde mit jedem Wort des Pfarrers unruhiger.
„Und wo wohnt dieser Herr Müller?...Gut, danke. Nein, nein. Alles in Ordnung. Vielen Dank. Auf Wiederhören."
Merker begann zu schwitzen. Warum antwortete die Schließer nicht? Warum musste sie diesen Alleingang unternehmen? Er suchte sich die Telefonnummer Müllers heraus. Er ließ es mehrmals klingeln, doch auch da antwortete niemand.

Merker setzte sich unrasiert und hungrig ins Auto und raste nach Dustergrund. Von unterwegs rief er Kevin an.
„Hallo, Kevin, ich bin auf dem Weg nach Dustergrund. Wir treffen uns in der Freiburger Straße vor der Hausnummer 3."
„Wie?"
„Petra ist dorthin gefahren. Sie geht einem Hinweis nach."
„Einem Hinweis? Sie hat mir nichts gesagt."
„Hör zu, Kevin. Tu einfach, was ich sage. Ich habe keine Ahnung, warum sie das im Alleingang unternommen hat. Es ist ja auch nur ein ganz vager Hinweis…"
„Hinweis auf was? Auf ein Verbrechen? Hier ist bisher alles ruhig geblieben."

4.

Müller blickte die Polizistin erstaunt an und fragte:
„Warum sollte ich Sie erschießen? Sie hatten mit der Gemeinheit doch gar nichts zu tun? Warum sollte ich Sie erschießen?"
„Warum dann das Gewehr?"
„Vielleicht…so müssen Sie mir zuhören."
„Hören Sie, Herr Müller, ich höre Ihnen aber auch ohne Gewehr zu. Ehrenwort."
Ihr Gegenüber schien zu zögern; er schob unentschlossen die Waffe auf seinen Oberschenkeln hin- und her.
„Nein, so fühle ich mich sicherer, mit dem Gewehr. So bleibe ich Herr der Lage."

Schließer seufzte. Sie tastete verstohlen nach ihrer Dienstwaffe, doch das Halfter war leer.
„Die Pistole liegt im Flur. Sitzen sie einfach still."
„Wenn Sie mich nicht erschießen wollen, wie Sie sagten, warum haben Sie mich niedergeschlagen?"
„Tut mir Leid. Das war wohl eine Reflexbewegung. Ich war überrascht, als dann doch die Polizei vor mir steht."
„Sie haben die Polizei erwartet?"
„Schon vor zwei Jahren?"
Schließer starrte ihn erstaunt an. Vor zwei Jahren schon?"
„Na klar, wegen der Buschmeier."
„Wegen der toten Pfarrhaushälterin?
„Ja, wegen der da."
„Können Sie mir bitte erzählen, was damals geschah?"

Müller sah die Polizistin lange an, bewegte lautlos die Lippen, als müsse er erst einüben, was er sagen wollte. Oder wiederholte er nur in Gedanken, was er so oft in der Vergangenheit schon hätte erzählen wollen. Endlich brach es aus Müller heraus:
„Ich hatte am Todestag von Elfriede..."
„Ja."
„Ich hatte am 20. April, genau als sie ein Jahr davor gestorben war, einen Blumenstrauß zu ihrem Grab gebracht. Ich stand lange da, obwohl es ein regnerisches und stürmisches Wetter war. Aber das war mir egal. Ich hatte den Friedhof schon verlassen, da hörte ich meinen Namen rufen und da kam dieses Weib mit ihrem Regenschirm zu mir gerannt. Die war die Letzte, die ich

an diesem Tag sehen wollte und konnte."

„Warum? Was war mit Frau Buschmeier? Was wollte sie von Ihnen?"

„Ja, was wollte sie eigentlich von mir? Nicht einmal am Todestag meiner Frau hatte die…dabei war sie mit die Hauptschuldige…"

„Ich verstehe nicht, Herr Müller. Hauptschuldige an was?"

Aber er achtete nicht auf die Frage, atmete stoßweise und schrie:

„Und da geschah es!"

„Geschah was?"

„Der Sturm riß ihren Schirm zur Seite und einen dicken Ast vom Baum herunter. Der Ast fiel ihr auf ihren Schädel. Und da lag dieses Biest vor mir."

„Ein Unfall also?"

„Nein, ein Fingerzeig Gottes! Das hätte dieses bigotte Weib wohl an meiner Stelle gesagt. Aber genau so habe ich es empfunden."

„War Frau Buschmeier denn tot?"

„Keine Ahnung. Sie bewegte sich nicht mehr. Vielleicht tot, vielleicht nicht tot. Wie gesagt: Es schien mir ein Fingerzeig. Das war eine Mahnung, dass ich ein ganzes Jahr nichts gemacht hatte. Nur getrauert um Elli. Dabei hätte ich ihren gewaltsamen Tod schon längst rächen müssen."

„Entschuldigen Sie, Herr Müller, aber ich verstehe gar nichts. Was heißt gewaltsamer Tod? Rache für was? Rache an Frau Buschmeier? Was hatte sie denn gemacht?"

Aber Müller überhörte ihre Fragen, oder er hatte sie gar

nicht richtig wahrgenommen. Er erlebte die ganze Geschichte noch einmal .

„Und dann nahm ich mein Taschenmesser heraus. Und stieß es ihr ein paar Mal in dieses böse, böse Herz von ihr. So, wie dieses Weib und die vielen anderen das Herz meiner Elli auf dem Gewissen haben."

Müller schnappte nach Luft, fuchtelte mit dem Gewehr herum, beruhigte sich nach und nach und schaute die Polizistin an.

„Die hatte es verdient. Glauben Sie mir."

„Herr Müller, beruhigen Sie sich! Passen Sie bitte mit dem Gewehr auf! Ich verspreche Ihnen, ich rühre mich nicht von der Stelle. Legen Sie das Gewehr doch einfach zur Seite. Nein?! Okey, aber fuchteln Sie bitte nicht damit herum. Erzählen Sie mir lieber…also, ich versteh' nicht, warum Frau Buschmeier sterben sollte. Was hatte sie denn getan? Was hatte Sie denn mit dem Tod Ihrer Frau zu tun?"

Müller schaute sie mit großen Augen an.

„Sie wissen nichts davon, was vor drei Jahren hier geschehen ist? Aber der ganze Ort weiß doch davon? Alle waren doch beteiligt, die einen mehr, die anderen weniger. Aber klar. Keiner spricht darüber, keiner will sich selbst anklagen. Diese feige Mörderbande."

„Beteiligt an was, Herr Müller?"

„An dem gewaltsamen Tod Ellis!"

„Elli?"

„So rief ich meine Frau."

Schließer starrte den Mann ungläubig an und sagte:

„Aber in den Akten habe ich nichts von einem Gewalt-

verbrechen an Ihrer Frau gefunden. Und hier im Ort hat mir nie jemand irgendetwas dazu erzählt."
„Na klar, keine, keiner fühlte ja eine Schuld. Alle hatten das reinste Gewissen. Diese Heuchler. Diese Oberheuchlerin – die Pfarrhaushälterin. Und die andere."
„Herr Müller, ich will sie ja gerne verstehen. Aber klären Sie mich bitte auf! Sie wissen, dass ich erst vor zwei Jahren meinen Job in Wiesental angetreten habe. Was ist hier geschehen, in Dustergrund?"
Und Müller erzählte die ganze Geschichte. Seine Geschichte.

5.

„Meine Frau, so jung noch, hatte einen Herzfehler und ihre Lebenserwartung war gering. Da hatte sie das große, unerwartet Glück, dass es ein Spenderherz gab. In Freiburg wurde ihr das fremde Herz eingepflanzt. Und die Operation war erfolgreich. Sie lebte! Die Ärzte sagten, dass ihre Chancen gut wären, zumindest ein paar Jahre mit dem neuen Herz zu leben. Klar, es gab keine Gewissheit, aber alles schien gut. Wir waren so glücklich, Elli und ich. Also ich war superglücklich. Nach einiger Zeit konnte sie nach Hause kommen, nach Dustergrund."
„Sie sagten, Sie seien glücklich gewesen. Ihre Frau nicht?"
„Ja, nein, ja. Also sie musste sich ja erst an das neue Herz in sich gewöhnen. Das ist ja verständlich. Auch war

sie ja ein wenig immer Kind geblieben, wollte nie so erwachsen werden."
„Wie meinen Sie das?"
„Na, sie hat das nicht ganz so rational gesehen wie ich, wie man als Erwachsener das tut. Also, denke ich, ich meine..."
„Lassen wir das mal für den Augenblick. Was passierte dann?"
„Kurz gesagt: Die Menschen in Dustergrund wollten keine Mitbewohnerin mit einem fremden Herz unter sich."
Schließer starrte ihren Gegenüber fassungslos an. Dann stammelte sie:
„Was soll das heißen?"
„Was das heißen soll? Es hieß: Für die Leute war Elfriede Müller zu einer Fremden geworden. Zu einer Zombie. Zu einem Frankenstein-Monsterin. Zu...zu..."
„Sie wurde also, wie soll ich sagen...gemobbt? Wegen einem implantierten Herz? Ich glaub es nicht. Es war doch nur eine Organtransplantation."
„Nur die Transplantation eines Organs? Nein, für die alle war Herz eben nicht nur ein ein biologischer Begriff, sonder eine Metapher für..."
„Eine was?"
„Eine Metapher, ein bildhafter Ausdruck für etwas ganz Anderes. Nein, für die Leute schien es die Bedeutung gehabt haben: Diese Elfriede Müller hat ihr Herz verloren, also ihre Seele, also..."
„Aber wir sind doch nicht mehr im Mittelalter!"
„Oh, im Mittelalter waren die Menschen sicher nicht so herzlos, so seelenlos, wie sich in Dustergrund die Leute

benommen haben."

„Und Ihre Frau nahm sich das so zu Herzen...ich, entschuldigen Sie, ich meinte..."

„Ja, sie wurde zur Fremden gestempelt und fühlte sich bald wie eine Fremde. Eine Fremde gegenüber den anderen, nach ein paar Wochen eine Fremde sich selbst gegenüber. Sie fiel in eine tiefe Depression. Und dann..."

„Und dann?"

„Sie setzte stillschweigend ihre Medikamente ab."

„Ihre Medikamente?"

„Nach einer Transplantation versucht der Körper das fremde Organ abzustoßen. Ein natürlicher Prozess. Daher muss es mit Hilfe von Medikamenten eine Immunsuppression geben. Sonst stirbt der Patient. Aber das alles hätte Elfriede, das hätte sie sicher mit meiner Unterstützung geschafft."

„Wenn da nicht der gesellschaftliche Prozess der Abstoßung gewesen wäre", murmelte die Polizistin.

„Ja, man, frau hat sie in die Selbsttötung durch Unterlassung getrieben. Diese Unmenschen. Vor allem dieses falsche Weibsbild, die Buschmeierin. Und dann ihre Busenfreundin, diese Treiberin, die genau so schlimm intrigierte. Was sag ich? Intrigierte? Ganz offen haben die zwei gehetzt. Aber viele andere, Frauen und Männer waren nicht viel besser. Alle, alle haben Dreck am Stecken..."

„Einen Augenblick, Herr Müller! Meinten Sie mit Treiberin die vor einem Jahr tot aufgefundene Wirtin Treiber?"

6.

„Ja, auch ein elendes Weibsstück! Die hatte es wie die Buschmeier am ärgsten verdient."

„Aber diese Frau wurde nicht in einer stürmischen Nacht von einem Ast erschlagen", Herr Müller.

„Nein, die nicht. Das war ich."

„Am zweiten Todestag Ihrer Frau."

„Am zweiten Todestag meiner Elli. Ich war damals wieder völlig verzweifelt. Immer wenn ich die Treiberin gesehen hatte, verstand ich nicht, dass sie weiter frech herumlebt und nicht tot ist wie die Buschmeierin. Als ich der vor zwei Jahren das Messer in ihr kaltes Herz stieß, war es wie eine Befreiung gewesen für mich. Aber dieses Gefühl, das hatte nicht lange angehalten. Und so bin ich halt am zweiten Todestag Ellis, das war kurz nach Mitternacht zuerst mit einem Rosenstrauß zum Grab gegangen und dann zu der Treiberin. Sie hat es verdient. Beide haben es verdient."

„Da war im 'Auerhahn' doch sicher kein Betrieb mehr."

„Nein, das nicht. Aber es war noch Licht. Ich hab' gesehen, wie die Treiberin drin noch allein rumfuhrwerkte. Da hab' ich die Tür geöffnet. Die war noch nicht abgeschlossen. Und..."

„Und?"

„Es gab ein kurzes Streitgespräch. Die hatte gar nicht gewusst, dass gerade der zweite Todestag Ellis begonnen hatte. Oder sie tat nur so. Und ich hab mich so aufgeregt, weil sie nicht nur alles abgestritten hat und so. Auf jeden Fall hab ich ihr mit einem Stuhl auf den Kopf gehauen. So wie damals der Ast auf das andre Weib gefallen war. Dann holte ich aus der Küche ein Messer und stach zu. Das tat gut - für einen Augenblick."

Müller schwieg, und Schließer ließ ihn eine Weile schweigen. Dann sagte sie:
„Herr Müller, und heute, am dritten Todestag Ihrer Ehefrau, was sollte da passieren – nachdem Sie die Blumen auf ihr Grab gebracht hatten?"
Der Mann schaute sie an. Dann schien der Polizistin, als würden ihm Tränen über die Wange perlen. Er stammelte:
„Ich bin so müde. Die zwei Weiber haben ihr Schicksal verdient. Ich bereue da nichts. Das habe ich für Elli tun müssen. Aber eine richtige Erleichterung für mich hat es doch nicht gebracht. Ein paar Tage nach der Tat fühlte ich mich ganz gut. Aber dann ging das elende Leben weiter. Immer weiter, immer weiter. Aber sollte ich nach und nach alle Einwohner Dustergrunds umbringen? Das ist doch Irrsinn. Und bringt nichts. Macht meine Elli nicht wieder lebendig. Ich wusste heute nicht mehr ein und aus. Nach dem Besuch am Grab, da habe ich mich nach Hause geschleppt. Und ich bin da gesessen und da gesessen und da gesessen. Und dann hat es an der Tür geklingelt. Und da standen Sie."

Müller sah die Polizistin an, packte das Gewehr, richtete den Lauf auf sie, richtete sich auf und befahl:
„Stehen Sie auf!"

7.

Merker hatte während der Fahrt nach Dustergrund immer wieder geflucht. Warum ging Petra nicht an ihr Handy. Warum hatte sie nicht gewartet, bis er oder ein Kollege bei ihr war? Vielleicht war ja wieder alles eine Sackgasse. Aber warum ein Alleingang? Warum ein unnötiges Risiko eingehen? Als er in der Freiburger Straße ankam, sah er dort zwei Polizeiwagen. An einem lehnte Kevin und ein Kollege. Im anderen musste Schließer gekommen sein.

Das Haus lag ziemlich weit von der Straße ab. Die Polizeibeamten mussten einen langen Gartenweg zurücklegen. Etwa zehn Meter vom Haus entfernt sah Merker, wie sich die Haustür öffnete und Petra mit über dem Kopf gehaltenen Händen heraustrat. Dann wurde die Tür von innen zugeschlagen. Petra rannte auf ihn zu. Da öffnete sich erneute die Tür, ein Arm mit einer Pistole in der Hand erschien. Merker riss seine Dienstwaffe aus dem Halfter, aber kein Schuss fiel. Die Pistole wurde vor das Haus geworfen, dann die Haustür zugeknallt.

Petra fiel Heinz in die Arme.

„Alles in Ordnung?", stammelte er.

„Saudumme Frage!", schnauzte sie. „Warum sollte etwas nicht in Ordnung sein? Ist ja praktisch nichts passiert. Nur ein kleines Rendevouz mit unserem Mörder."

Da schreckten beide auf. Ein Schuss war gefallen. Im Haus.

„Himmel", schrie Petra. „Er hat ein Jagdgewehr. Er wird

sich doch nicht umgebracht haben."
Sie rannte zurück, Heinz und seine Kollegen hinterher.
„Warte doch", schrie Heinz. Kurz vor dem Haus stoppte Petra, hob ihre Dienstwaffe auf.
„Warte doch, verdammt noch mal! Und wenn er noch lebt. Er hat ein Gewehr, das ist zu gefährlich."
Doch Petra war schon an der Tür. Da zögerte sie und flüsterte ihm zu:
„Gib mir Rückendeckung! Wir müssen doch nachschauen..."
„Halt, Petra! Du gibst mir Rückendeckung! Ich gehe als erster hinein, dann Kevin. Und dann erst du!"
Vorsichtig drückte er auf die Türklinke. Die Tür war nicht verschlossen. Langsam öffnete er sie, die Pistole in der Hand. Der Flur war leer. Heinz und Petra sahen sich fragend an.
„Ruf ihn", flüsterte er ihr zu. „Er kennt deine Stimme. Wenn er noch lebt..."
„Herr Müller, ich bin 's, die Polizistin. Machen Sie bitte keine Dummheiten! Ich komme jetzt herein. Legen Sie bitte das Gewehr weg. Herr Müller, Herr Müller!?"
„Da drüben ist das Wohnzimmer", flüsterte sie. „Schauen wir erst da mal nach."
Merker stieß die leicht geöffnete Tür vorsichtig ganz auf, trat langsam ein, Kevin und Schließer hinter sich. Da sahen sie Müller.
„Hände hoch! Keine falsche Bewegung", schrie Merker.
Müller saß auf dem Sofa, auf dem zuvor Schließer gesessen hatte. Vor ihm lag auf dem Boden das Gewehr.
„Hände über den Kopf!", befahl Merker.

Da bewegte sich Müller. Er hob den Kopf und dann langsam auch beide Hände.
Beim Nähertreten knirschte es unter den Schuhen Merkers. Er trat auf Glassplitter. Müller hatte nicht auf sich geschossen, er hatte offenbar auf den Kronleuchter geschossen. Merker trat näher und schob mit dem Fuß das Gewehr zur Seite, das Schließer aufhob und sicherstellte. Merker legte Müller Handschellen an.
„Ich dachte schon...", sagte Schließer zu Müller.
„Dass ich mich erschieße? Das hätte Elli auch nicht wieder lebendig gemacht."
„Ah, aber die beiden getöteten Frauen", schrie Merker.
„Ach, wissen Sie, man lernt nie aus", murmelte Müller mit einem scheuen Lächeln.

8.

Nachdem Müller abgeführt worden war, blieben Heinz und Petra noch im Haus.
„Komm, Petra! Gehen wir in die Küche", sagte er zu ihr. „Wir sind doch im Schwarzwald. Da müsste es irgendeinen Schnaps geben. Und dann erzähl mir, was da vor meinem Eintreffen passiert ist. Ich nehme an, du konntest nicht an dein Handy ran. Ich hab mehrmals vergeblich versucht, dich zu erreichen. Ah, hier ist die Küche. Lass mich sehen. Tatsächlich, da haben wir ja ein Kirschwasser! Komm, Petra, wir setzen uns hier an den Küchentisch."
„Ist das nicht etwas makaber? Wir trinken jetzt seinen

Schnaps..."

„Ich kann nach der Sorge um dich, liebe Petra, einen gebrauchen. Und du selbst, unterstell ich mal, auch. Und jetzt deinen Bericht!"

Während Petra erzählte, konnte Heinz nur immer wieder den Kopf schütteln.

„Darauf genehmige ich mir noch einen. Gute Arbeit. Wenn ich dir auch wegen deines Alleingangs die Ohren lang ziehen muss. Also doch ein Zufall, ich meine das mit dem ersten Totschlag. Vielleicht war es bei den Messerstichen ja auch nur Leichenschändung."

„Ich dachte, es gäbe keine Zufälle."

„Gut aufgepasst, Petra. Also richtig: Der unerwartete Fall eines Astes. Wenn denn die Aussage Müllers stimmt. Aber das werden wir ja nie mit Sicherheit erfahren. Seltsam, dass wir über dieses Motiv, die gemobbte Ehefrau mit Transplantationsherz, so erst erfahren."

„Seltsam? Finde ich nicht", sagte sie. „Warum sollte das einer oder eine an die große Glocke hängen? Offenbar ist dieses Dustergrund ein wahres Nest von Otterngezücht."

„Wenn das denn so stimmt?"

„Du meinst das mit der Herztransplantation und den Folgen? So was kann doch niemand erfinden."

„Die Transplantation wohl nicht. Werden wir leicht nachprüfen können. Aber dieses ganze angebliche Mobbing mit den angeblichen fatalen Folgen. Vielleicht hat der trauernde Ehemann das einfach erfunden, weil er nicht mit dem Tod der Frau zu Rande kam. Vielleicht war er ja selbst so verunsichert von einer Ehefrau mit fremdem Herz? Vielleicht hatte er ja als nahestehende Ehemann Berührungsängste. Vielleicht...". Merker räusperte sich. „Vielleicht, vielleicht. Komm, Petra, Schauen wir uns doch auch ein wenig im Haus um. Vielleicht finden wir ja etwas Nützliches – nach dem Schnaps."

In der Tat, etwas wurde gefunden. In einer leicht verstaubten Schuhschachtel lagen Briefbögen, Karten und Zettel. Sie entpuppten sich als anonyme Schreiben, teils handschriftlich in Druckbuchstaben, teils als Collage ausgeschnittener gedruckter Worte. Schließer las einige und reichte dann die Schachtel mit den Blättern stumm Merker weiter. Der begann mit lauter Stimme „Gottlose Frau", bewegte dann aber nur noch stumm die Lippen. Schließlich legte der alles zur Seite und murmelte:

„Petra, das ist einfach zum Kotzen. Alle diese ehrenhaften Menschen in Dustergrund."

„Heinz, warum hat sie sich nicht an die Polizei, an uns in Wiesengrund gewandt? Und auch er, der Müller, warum hat er kein Wort gesagt? Ich wäre der Sache nachgegangen."

Merker sah sie nur an. Dann sagte er: „Tja, was für düstere Herzen in Dustergrund!"

„Ach, Heinz, bitte keine Kalauer! Es ist schlimm genug. Halt, was habe ich hier entdeckt. Ein Buch von Elfriede Müller!"

„Von ihr geschrieben?"

„Anscheinend ja. Titel: „(Un-) Gereimte Liederchen". Hör mal:

'Ach, es ist so unerhört,

was ich seit Adams Zeiten
aus der Männerwelt gehört...'"
Merker unterbrach sie:
„Gedichte? Petra, muss das sein?"
„Na gut, dann eben nicht. Das Bändchen leihe ich mir aber mal aus. Gehn wir?"

Merker schloss die Haustür ab und gab Schließer den Schlüssel:
„Am besten, du behältst ihn bei dir in deinem Büro, bis das Weitere geklärt ist."
Während die beiden zum Auto schritten, blieb Schließer plötzlich stehen.
„Heinz, würdest du dir eigentlich ein fremdes Herz einpflanzen lassen? Eigentlich ist so etwas doch wirklich seltsam. Eigentlich..."
„Petra, was soll denn das nun wieder? Hast du plötzlich Verständnis für die Dustergründer?"
„Nein, natürlich nicht. Aber...aber hast du nicht immer wieder gesagt: Man sollte in alle Richtungen denken?"

9.

Einige Tage nach der Verhaftung des Alois Müller ließ der Bürgermeister von Dustergrund, Franz Fischeler, den Medien die folgende Erklärung zukommen:

„Mit großem Bedauern und mit großem Schmerz beklagt die ganze Gemeinde Dustergrund die Gewaltver-

brechen, die vor zwei Jahren und vor einem Jahr in unserer Ortschaft begangen worden waren. Mir ist mit allen meinen Mitbürgern völlig unerklärlich, dass einer unter uns solche scheußliche Untaten verüben konnte. Warum hat der Täter nie niemals das Gespräch mit einem von uns gesucht? Das hat er nämlich nie versucht. Nicht einmal mit unserem Seelsorger, wie mir der Herr Pfarrer versichert hat. Wir alle wären ganz sicher gesprächsbereit gewesen, wenn er sich uns gegenüber sein Herz geöffent hätte. Stattdessen hat er sich in seine unsinnige Gedankenwelt verirrt. Andere mögen beurteilen, ob fahrlässig oder böswillig. Auf jeden Fall sind zwei unschuldige verdienstvolle Mittbürgerinnen von ihm gewaltsam aus dem Leben gerissen worden.
Mit Entschiedenheit weise ich im Namen aller Mitbürgerinnen und Mitbürger die Anschuldigung des Täters zurück, wir alle seien am Tode seiner Ehefrau schuldig geworden. Das tragische Schicksal Elfriede Müllers vor drei Jahren wurde von uns allen betrauert. Im Namen der ganzen Gemeinde Dustergrund weise ich auch entschieden Medienäußerungen zurück, die unkritisch die Vorhaltungen des Täters gegenüber der ganzen Gemeinde wiederholen. Wir alle fühlen eine solche Medienkampagne wie Stiche in unserem Herzen. Damit will ich nicht sagen, dass wir damals vielleicht nicht entschieden solidarischer mit Elfriede Müller uns hätten verhalten sollen. Wir alle sind fehlbare Menschen. Keiner von uns ist perfekt."

Ende

Anhang

Es folgen die Gedichte von Elfriede Müller, 2012 als Privatdruck veröffentlicht unter dem Titel:
„(Un-) Gereimte Liederchen".

(Un-) Gereimte Liederchen

Elfriede Müller

Lied der Eva

Ach, es ist so unerhört,
was ich seit Adams Zeiten
aus der Männerwelt gehört.
Mir fehlt die Lust zu streiten.

Immer nur: Wie schwach du bist,
dass du der nackten Schlange
dich hingibst und vom Apfel isst.
Das alte Lied von immer gleichem Klange.

Das schwache, schwache Weib
(so klagen Priester, Schriftgelehrte)
mit seinem sündbereiten Leib
den Mann so schwer versehrte.

Na klar! Doch mann vergisst,
dass ich von Satan wurd' verführt,
ehmals ein Engel, voller List,
der mich in 's Elend hat geführt.

Der Adam aber – eben Mann! -
wurd' nicht verführt von Teufelszottel;
'ne Frau nur macht' sich an ihn ran.
Ihr erlag der starke, starke Trottel.

Lied einer Ehefrau (I)

Schatz, lass uns im Schwarzwald buchen
Vogelstraußeneier suchen
auf Straußenfarmen, wie bekannt,
auch wenn ihnen mangelt Sand.

Sand, den Kopf hineinzustecken,
um ja nirgends anzuecken,
um von niemandem gesehen,
Problemen aus dem Weg zu gehen.

Schatz, du kannst die Strauße lehren,
wie mit andern zu verkehren
ohne je ein Ja, Nein, Amen.
Nenne einfach deinen Namen!

Ja, so geht dein Leben hin,
von dem leider ich Teil bin.
Allerdings schon halb vergessen.
Komm, wir gehen Straußwurst essen!

So inmitten vieler Strauße
fühlst du dich dann wie zu Hause.
'ne Straußenfarm, das ist dein Ort!
Schatz, ich bleib' hier und du bleibst dort.

Lied einer Transvestitin

Nicht alle haben's leicht im Leben,
ich bin der Travestie ergeben.
Seit Kind an bin ich Konvertitin,
bin erwies'ne Transvestitin.
Zwar bin getauft ich eine Lilli,
doch eigentlich bin ich ein Willi.
Das war 'ne simple Bauchentscheidung;
bin erst ich selbst in Männerkleidung.
Mann, nur Mann fast überall,
nur keine Neigung zum Fußball.
Wie Churchill sag' ich stets „no sports",
doch steh ich stramm auf Boxershorts.
Doch Shorts nur, nicht das Boxen,
das bleibe sportlichen Hornochsen.
Statt Joggen, Laufen, Trainingsrunden,
setz' ich auf lockere Bewegungsstunden:
Ich tummle mich auf dem Parkett
und bin als Tänzer männlich-kokett.
Ob Salsa, Tango, Lindy Hop,
ich mach perfekt den Führungsjob.
Ob Franzi, Susi oder Milli,
ich bin für alle nur der Willi.
Und wenn ich dann in später Nacht
eine von ihnen heim gebracht

*und weiter sie auf Willi steht,
nur eins an einem Mann mir fehlt.
Doch schnückt micht, dass ihr 's nur erfahrt,
mich schmückt ein prächt'ger Frauenbart.*

Lied einer Gärtnerin

*Lila duftet jeder Flieder,
die Farbe ist da ganz egal.
Du glaubst es nicht, mein Lieber?
Dann riech doch hier einmal!*

*Hier steckt in meinem Mieder
ein Strauß, kitzelig klein.
Riech nur am weißen Flieder!
Nein, nur die Nase steck hinein!*

*Hände weg, mein Lieber!
Schnuppern sollst du nur,
schnuppern treu und bieder
den Duft von Lila pur.*

*Exquisit ist die Duftnotin,
sie umgibt so schmeichelnd mich.
Ich bin des Frühlings lila Botin.
Also vergiss mein nich!*

*Du bist mir viel zu nahe schon.
Ein Schritt zurück, Nicola!
Du bist zwar dem Chef sein Sohn
– doch ich bin die Viola!*

Lied einer Philosophin

Ich weiß nicht, was soll es bedeuten,
dass ich hier sitze am Rhein.
Ich sprech' nicht mit den Leuten,
ich stürz' mich nur in das Sein.

Ich blicke in die Wellen,
als wär' ich nicht gescheit.
Gedanken aus mir quellen
– wie Nichts und Sein und Zeit.

Ich kämme mir mein lockig Haar,
wenn mir das Denken stockt.
Es scheint mir wieder alles klar,
wenn ich mir so Ideen entlockt.

Über mir die Lore-Ley,
sie brachte Schiffern schwere Not.
Ich dagegen bin so frei
und räsonier' nur übern Tod.

Doch beim Denken über 's Sein
ergreift mich Meta-Weh.
Am Ende fall' ich in den Rhein,
sag' so dem Sein ade.

Lied einer Tanguera

*Ich bin nun siebzig Jahre alt
und werde täglich älter.
Das Leben so um mich herum
wird immer, immer kälter.*

*Ich war 'ne tolle Tänzerin,
fürn Tango ganz geboren.
Nun sitz' ich an der Bar herum
und fühl' mich so verloren.*

*Milongas, ach, ich liebte sie,
durchtanzt hab' ich sie gründlich.
Und alle Männer drückten sich
an mich recht eng und sündlich.*

*Die Tangueros rissen sich
um mich, die Tanguera.
Das waren Zeiten, Frau oh Frau!
Doch jetzt vorbei die Ära.*

*Zwar tanz ich noch vorzüglich,
doch andre stehlen mir die Schau,
weil jung und cool und sexy.
Ich aber bin 'ne alte Frau.*

*Nun schaue ich dem Tanzen zu
und sitze hier am Tresen.
Ich werde noch zur Trinkerin
und war so flott gewesen.*

*Ich bin nun siebzig Jahre alt
und werde täglich älter.
Das Leben so um mich herum
wird immer, immer kälter.*

Lied einer Ehefrau (II)

*Seit zwanzig Jahren sitz' ich nun
dem ehelichen Bartgesichte
beim Frühstück gegenüber.
Und dann die tägliche Geschichte:*

*Ja, auch an diesem Morgen
mein Eh'mann mit dem Löffel klappert
und dann wie immer, wirklich immer,
das Eigelb in den Bart sich schlabbert.*

*Zwanzig Jahr' den Bart geferkelt!
Zwei Jahrzehnte ich beschör:
Heute nicht! Heut' einmal nicht!
Doch jeden Tag gleiches Malheur.*

*Obwohl ich nicht ein Engel bin,
hab' ich geduldig ausgeharrt.
Nur einmal ohne Eierei!
Doch wieder ist 's im Bart.*

*Heut' beginnt 's Jahr zwanzig-eins.
Und wieder nur gemeckert?
Nein, lieber Mann, jetzt ist es aus,
heut' hast du ausgekleckert!*

Sie erhebt sich feierlich,
ergreift das Brotemesser.
Dann sticht sie in das Bartgesicht:
das Ende von dem Eieresser.

Monate später vor Gericht
war 's ihr im Magen flau.
Doch Glück! Im Jahre zwanzig-eins:
'ne Richterin! 'ne richt'ge Frau!

Lied eines Straßenmädchens

Ich weine, ja, ich weine.
Was hatt' ich propre Beine.
Was sind die schön gewesen.
Jetzt scheinen 's Stiel von Besen.
Kein Mann dreht sich nach denen um.
Zu dumm, zu dumm! Wahrhaft zu dumm!

Mir bleibt da nur noch Lachen.
Was soll ich andres machen?
Auf diesen Stöcken hin und her,
die Straße rauf und runter.
Was ist das Leben worden schwer.
Grauschwarz! Es war einst bunter.
Kein Mann dreht sich nach mir noch um.
Zu dumm, zu dumm! Wahrhaft zu dumm!

Mir bleibt da nur noch Weinen,
denk ich nur an die feinen,
netzartig schwarzen Maschen.
Da war noch was zu naschen.
Kein Mann dreht sich nach mir noch um.
Zu dumm, zu dumm! Wahrhaft zu dumm!

Mir bleibt da nur zu lachen
und immer weiter machen.
Die Straße runter, Straße rauf.
Das ist nun mal mein Lebenslauf.

Ich mag mich recken, mag mich strecken,
der Hintern bleibt auf dürren Stecken.
Kein Mann dreht sich nach denen um.
Zu dumm, zu dumm! Wahrhaft zu dumm!

Lied einer Eskimofrau

Ich bin im Iglu aufgewacht,
weil ich dort eingeschlafen.
Das passiert mir jede Nacht,
weil wir uns dorten trafen.

Mein Mann, der ist ein Eskimo,
ich Eskimesin, dito Eltern,
und Kinder, Enkel sowieso.
Das wird sich auch nicht ändern.

Wir alle leben im Iglu.
Hier wird gezeugt, gestorben.
Zu sagen gib es nichts dazu.
Das ist Kultur, die wir erworben.
Ein Psycho-Missionar erschien,
der prüfte unsern Nasenkuss.
Erst neulich war's; er war aus Wien
und sprach von Phall- und Ödipus.

Der Phallus und der andre Us,
das sei sehr problematisch.
Und dass wir träumten vom Walruss,
sei wirklich emblematisch.

Uns mahnend ging der Psycho-Mann
zurück in fremdes Land.
Wir alle sah'n uns fragend an:
Was hat er nur bei uns erkannt?

Egal, wir zeugen, sterben weiter.
Im Iglu das geschehen muss.
Den Fremden ehren will ich heiter:
Mein nächstes Kind heißt Ödipus.

Lied einer Domina

Stillgehalten, junger Mann,
und zapple nicht herum!
Ich bin hier die Domina,
und du bleibst stumm.

Mund gehalten, alter Sack!
Schon sechzig auf dem Buckel?
Ich bin hier die Domina!
Also kein Rumgezuckel.

Peitschenhiebe und so weiter,
so war es abgemacht.
Ich bin hier die Domina!
Das wäre ja gelacht.

Verdammt noch mal,
Hansbibbelschwanz!
Ich bin hier die Domina!
Wie? Du bist der Franz?
Das ist doch scheißegal.

Lied einer Selbstmörderin

    Jetzt fragt ja nicht: warum?
    Die Antwort immer wär': darum!

    So viele Jahre habt ihr nichts gesagt,
    habt bloß „wie geht's" gefragt.
    'ne Antwort habt ihr nicht erwartet,
    hätt' euch genervt, hätte gemartert.

    So fragt ja nicht: warum?
    Die Anwort immer wär': darum!

    Sie hätte nie lauthals geklagt
    und nicht vernehmlich klar gesagt,
    dass sie leide. Leide? Leide
    trotz dem neuen Dior-Kleide,
    das der Gatte ihr geschenkt?
    Und hat sich jetzt noch aufgehängt?

    Nun fragt ja nicht: warum?
    Die Antwort immer wär': darum!

    Am off'nen Grabe alle stehn
    und lassen sich in Unmut gehn
    über die undankbare Frau
    und ihre unbarmherz'ge Schau.
    Mitleidlos bringt uns die Tote
    aus unserem verdienten Lote.

Doch fragt ja nicht: warum?
Die Antwort immer wär': darum!

Im Grunde hatt' sie keinen Grund.
Im Grunde war sie doch gesund.
Im Grunde stand ihr Mann ihr bei.
Im Grunde...Gott sei Dank, vorbei.

Fragt also keinesfalls: warum?
Die Antwort immer wär': darum!

Lied einer Papageiin

*Ich bin ein nobler Papagei,
vielmehr 'ne Papageiin.
Es war ein hochadliges Ei,
aus dem ich kroch als Freiin.*

*Edel mein Geplapper ist,
purpurn ist mein Gefieder.
Mein Schnabel habsburgmäßig sprießt
und huldvoll grüßt er wider.*

*Vor allem meine Hoheitssprache
beweist mein blaues Blut.
Eindeutig aber macht die Sache
die schnabelige Plapperflut.*

*Ich bin ein fliegend' Wörterbuch,
eine geniale Greisin
von exotischem Geruch,
'ne welterfahrne Weisin.*

*Dagegen seinen Schnabel hält
mein Brüderchen, nicht dumm.
Den Gelehrten er gefällt,
weil er eben stumm.*

*Inzwischen ist er hochbetagt.
Man hat von ihm geschrieben,
da er nie ein Wort gesagt,
sei er Philosoph geblieben.*

Lied einer Ex

Ich hatte ihn zu früh geküsst,
ich hätte warten sollen.
Schwer habe ich dafür gebüßt,
er lebt dagegen aus dem Vollen.

Es begann so wunderschön:
In seinem Leben sei ich unvergleichlich.
Er würd' an meiner Seite ewig gehn
und unser Schicksal unausweichlich.

Nie hätt' er so 'ne Frau gekannt,
er schwör 's, bei was ihm heilig sei,
noch nie er so in Lieb' entbrannt.
Und ich – ich pflichtete ihm eilig bei.

Ich gab ihm alles, wirklich alles,
mein Hab und Gut und mich dazu.
Er versprach mir Glück, ein pralles,
und meinen Namen als Tattoo.

Doch da auf einmal war er weg
mit allem, was gespart ich hatte.
Jetzt fühl' ich mich als letzten Dreck.
Das war mein Traum-Schaum-Mustergatte.

Lied einer Herzkranken

Herbst ist 's,
die Blätter fallen.
Mir geht es gar nicht gut.

Ja, ich
gesteh' es offen:
Mir fehlt der Lebensmut.

's Leben,
es hatte mir gefallen.
Jetzt bin ich auf der Hut.

Kein Scheiß!
Nichts bleibt zu hoffen.
Ich kotze täglich Blut.

Bald reicht's
nur noch zum Lallen,
bis dann mein Leichnam ruht.

Der Kerl,
der war besoffen.
Ich aber voller Glut.

Er hieß?
Der Nam' ist mir entfallen
von dieser Teufelsbrut.

*Der Hund,
den ich getroffen,
von dem bin ich kaputt.*

*Adieu!
Und sagt es allen:
Er tat's aus Übermut.*

Lied einer Froschkönigin

*Es quakt ein Frosch
in seinem Teiche.
In dem schwimmt
eine Frauenleiche.*

*Sie schaukelt
leise, weiß und bleich,
und ist doch
meiner Schwester Leich'.*

*Das arme Ding!
Mit goldnem Ball
kam immitierend
sie zu Fall.*

*Mein goldig Frosch,
der ward zum Prinzen;
ihr schleimig-grüner
bot nur Wasserlinsen.*

*Trotzdem, das dumme Ding,
mein Schwesterlein,
sprang hinterm Frosch
ins Wasser rein.*

*Da treibt sie nun,
recht aufgedunsen.
Tut so das Märchen
uns verhunzen.*

Lied einer Engelin

Engel haben kein Geschlecht?
Liebe Leut, ihr kennt uns schlecht.
Zwar sagten 's Theologen,
doch haben die gelogen.

Ein jeder immer bloß betrog,
der Archä-, Ethno-, Theolog.
Was haben die nur angericht'!
Dabei – die Wahrheit ist ganz schlicht:

'nen Engel, eine Engelin,
das gilt für einst und fürderhin,
das lehren weise Lieder,
erkennst du am Gefieder.

Von unsern bunten Federchen
schon schwärmten Bibelväterchen.
Aus den Federn, oft pausbackig,
gucken Engel auch mal nackig.

Wer nicht verblendet, der entdeckt,
was in Wirklichkeit bedeckt:
Zwar Haare nicht um unsre Scham,
doch flauschig-flausner Federkram.

*Mit Vögeln wir uns nicht befassen,
wenn da auch Federn oft gelassen.
Mensch und Engel? Das wär' fies.
(Sieh Abschnitt 6 in Genesis!)*

Genesis 6,1-8: …lassen sich die Gottessöhne mit den Menschentöchtern ein; und: Der Herr sah, dass auf der Erde die Schlechtigkeit des Menschen zunahm und alles Sinnen und Trachten seines Herzens immer böse war. (Einheitsübersetzung).

Lied einer Geistin

*Alle sprechen nur vom Geist
oder wie das Ding nun heißt.
Immer ist es nur ein Er,
selbst Esprit (französischer).*

*Ob Kleingeist oder Mannschaftsgeist,
Corps- und Kameradschaftsgeist,
Geschäftsgeist, Unternehmungsgeist
alles auf ein Ihn verweist.*

*Ob Weingeist, Weltgeist oder so,
ich werd' des Lebens nicht mehr froh,
denn Geistin bin ich, einfach, schlicht.
Warum denn eine Sie nie nicht?*

*Guter, böser, heil'ger Geist...
Als was sich der Begriff erweist?
Da alltägliche Diktion
als 'ne nützliche Fiktion?*

*Der ganze Wortkram um zu stillen
im Menschenkopf nur Mega-Grillen?
Ach, ich ahnte es schon längst:
Bin bloß gehauchtes Wortgespenst!*

Lied einer Witwe

*'ne Schwarze Witwe bin ich nicht,
auch wenn drei Männer um mir starben,
die einstens um mich lange warben.
Doch stand ich niemals vor Gericht!*

*Ich schwör' bei was mir heilig ist:
Ins Jenseits hab' ich nie befördert,
vielmehr doch alle drei gefördert
mit Krediten ohne Frist.*

*Nicht einer brachte es zum Star,
der Maler nicht, der Musikant,
und auch der Dichter Dilettant.
Aber Künstler jeder war.*

*Gleichviel, ich hatte meine Lust
an ihren jungen Leibern.
Doch ihr Zug zu jungen Weibern
stieß bitter auf mir in der Brust.*

*Ein vierter unter meinem Fittich
macht erste Talkshow-Schritte,
derzeit Auftritte Berlin-Mitte.
In Medien ist er ziemlich strittig.*

*Es heißt, er könnt' Karriere machen.
Ich habe manchen dicken Scheck
ihm zugesteckt, doch mir zum Schreck
macht plötzlich er in Schwulensachen.*

Da steh' ich nun recht angeschmiert!
Ich hatte ihn nie angekettet,
doch so war 's keinesfalls gewettet.
Das Leben man so leicht verliert...

'ne Schwarze Witwe bin ich nicht!
Auch wenn ein vierter sterben sollt',
ich hätte nimmer das gewollt.
Noch stand ich niemals vor Gericht!

Lied einer Schlagersängerin

Gott hat mir die Stimm' gegeben,
doch schwer ist Sängerinnenleben.
Schlagertexters ew'ger Reim
ist immer nur der alte Schleim:
Ewig schlägt das liebend' Herz,
und das endet dann in Schmerz.
Oder aber enden Schmerzen,
weil sich finden liebend' Herzen.

Einmal lasst es anders klingen,
einmal lasst mich anders singen,
einmal reimt auf Liebesschmerz
etwa sexistisch „hoch den Sterz"!
Ja, reimt doch mal auf herzeln
einfach pornografisch sterzeln!

Was ich sing' so unerbötig,
ist recht gesehen gar nicht nötig.
Ich fühle es mit großem Schmerz:
Dem Texter fehlt 's einfach an Herz!

Lied einer Nudistin

*Ihr fragt nach meiner Konfession,
wie man so fragt 'ne Christin,
und wissen meine Profession.
Ich bin ganz schlicht Nudistin.*

*Was ich wäre von Beruf,
habt ihr gefragt grad' vorhin.
Ich folgte einstmals Gottes Ruf,
in Hameln bin ich heut' Pastorin.*

*Aber sommers, statt der Kanzel,
steh' ich auf Friesenstränden nackig.
Mein Ehemann, das ist der Franzel,
preist meinen Hintern als so knackig.*

*Wie Eva vor dem Sündenfall
bin ich gesund und keusch am Meer.
Ich finde wie mein Eh'gemahl
allseitig Haut natürlicher.*

*Als Minus hat man registriert
das Manko dieser Nackedei:
Im Grunde Fadheit hier regiert,
denn Eros ist ja nie dabei.*

*Fragt ihr daher zu gutem Schluss,
weshalbe Nudismus sei gescheiter...
Je nun, es gibt ein großes Plus:
Man schont schließlich die Kleider.*

Lied einer Ironikerin

Ich bin Frau und hab' es schwer,
denn ich bin Ironikér,
Ironikerin vielmehr,
sei'n wir geschlechterfair.
Also denkt dran, meine Lieben,
ich bin der Ironie verschrieben.

Bei Ironie, wie ihr wohl wisst,
fühlt sich der Deutsche angepisst.
Er will es fromm und treu und bieder,
das zeigen Trink- und Kirchenlieder.
Selbst wo frech und gar obszön,
es immer g'rade raus ertön'.
Ein Deutscher ficht mit offnem Harnisch,
Hirnumwege mag er gar nisch.
Wenn ausnahmsweise Ironie,
dann niemals ohne Hinweis, nie.

Erst recht ist Ironie und Frau
'ne ganz verbot'ne Sonderschau.
Aus den Fugen unser Weltbild,
wenn ironisch unser Weibsbild.
Käm' sie so vertrickt-vertrackt,
wär 's gegen Anstand, guten Takt.
Kein Mann würd' aus so 'ner Frau
beim besten Willen irgend schlau.

Daher anfangs ganz korrekt,
damit auch niemand nicht erschreckt,
erklär' ich offen, unprekär:
Ich bin ein Ironikér.
(Ironikerin vielmehr,
sei'n wir geschlechterfair.)
Mit Ironie dann, das sei klar,
sing' ich euch erst im nächsten Jahr.

Lied einer Schmetterline

*Ein Schmetterling als Weib gebaut
ist eine Schmetterline.
Wer immer mich geschaut,
dankt mir mit heit'rer Miene.*

*Unsre Flügelflatterei
ist praktisch nicht zu hören.
Das ist so wunderschön dabei,
dass wir die Ruh' nicht stören.*

*So engelsgleich wir schweben
still über bunten Wiesen.
In unserm kurzen Leben
uns Löwenzähne grüßen.*

*Doch seelisch leid' ich grässlich,
da jener Name eingebrannt.
Das „Schmetter" klingt so hässlich.
Wer hat uns so benannt?*

*Ein Ali oder Schmeling,
die hatten Schmetterhände.
Doch für einen Schmetterling
sich Passenderes fände.*

*Des Lebens nicht mehr froh
schweb' ich in Schmerzen stumm.
Mich gibt's nur noch als Papillon.
Tauft mich doch endlich um!*

Lied einer Pianistin

Seit Kind an bin ich Pianistin,
seit langem auch noch Fatalistin.
Vor mir das Leben gänzlich klar
und künftig und für immer wahr:

Es gibt nur schwarz und weiß,
ob ich nun laut spiel' oder leis'.
Zwei Tasten gibt es nur im Leben,
mal weiß, mal schwarz, so ist es eben.
Manche tun zwar ziemlich stolz,
sprechen von Elfenbein, von Ebenholz.
Doch ewig bleibt das Leben
ein Schwarz-Weiß-Weiterweben,
mal rauf, meist aber runter.
Doch muss ich spielen immer munter,
erst weiß, dann schwarz, dann schwarz und weiß.
Ich spiel 's und sitz' auf meinem Steiß.
Und manchmal ist im Herzen Stau,
dass melancholisch alles grau.

Ich appellier' an Klavierbauer,
baut endlich einmal schlauer.
Warum schwarz-weiß das Ideal?
Seid endlich einmal genial
und greift zur vollen Farbpalette,
benutzt 'ne regenbogische Skalette.
Im Traume tusche ich die Tasten
aus dem ganzen Malekasten.

Wie wär 's ewa mit gelb und rot?
Das schlüge manche Trübsal tot.
Wie wär 's etwa mit blau und ocker?
Das risse glatt vom Klavierhocker.
Wie wär 's mit braun und grün?
Das ließ' ein Pflanzenreich erblühn.
Wie wär 's mit violett-orange?
Das hieße eine tolle Chance
und würde in der Pianistin
austreiben wohl die Fatalistin.

Die Klaviatur, sie muss sich ändern!
Ein Vivat andern Farbebändern.
Was wär' das für ein Farbenwirbel
und ein buntes Tastenzwirbel!
Die Tastenläufe würden dann
zu einer Regenbogenfahn',
wenn man nicht, puritanisch strenge,
sich auf weiß und schwarz einenge.
Das flirrte farbenprächtig schön.
Am Ende braucht' es keine Tön'!
Lautlos glitten Klavierfinger.
Die Pianistin: Stille-Bringer.

Lied einer Nymphomanin

Man heißt mich Nymphomanin,
und nur, weil ich kein Mann bin.

Wär' ich von männlichem Geschlecht,
wär' ich ein wirklich toller Hecht,
ein Don Juan, ein Casanova,
wenn hauptberuflich auch nur Opa,
nur Schreiner, Makler, Doktorand,
nur Bäcker, Banker, Fabrikant.

Keiner spricht vom Nymphoman,
alle nur vom wahren Mann.
Alle wissen ganz charmant,
was eine wahre Frau genannt.
Natürlich spricht fast keiner mehr
von Küche, Kirche und Kindeeer.
Ein jeder ist strikt up to date:

„Frau, du bist doch selbst gescheit!
Alle Welt und die Natur
spielen es in Moll und Dur:
Mann ist Mann und Frau ist Frau!
Das sieht man schon am Unterbau.
Von den Genen ganz zu schweigen.
Es bleibt beim ewig alten Reigen!"

*Tja, warum noch Worte wechseln
und Begriffe trefflich drechseln?
Nymphomanin – das bin ich.
Ich frag' keinen, frag' nicht dich.*

Lied einer Hundehalterin

*Mein Mann, das ist der Leo,
doch steh' ich mehr auf Beo.
Zwei Beine hat der Ehemann,
auf vieren rennt mein Dobermann.*

*Doch, doch, ich liebe Leopold!
Ich hab' Respekt ihm stets gezollt,
auch wenn ihm das Bewusstsein fehlt,
dass Hunde wirklich sehr beseelt.*

*Beowulf, sein voller Name,
hat Respekt vor einer Dame.
Der Hund, der ist mir tief ergeben;
bei Männern ist das anders eben.*

*Bei Beo reicht der kleinste Wink,
er ist gehorsam und so flink.
Ein Fingerschnipp – er hebt die Tatz!
Leo sagt: „Stör nicht, mein Schatz!"*

*Mein Hund ist elegant und rassig,
mein Mann inzwischen ziemlich massig,
um nicht zu sagen ziemlich fett.
Beo ist ein Muskelbrett!*

*Dem Leo, meinem Leopold,
ist die Natur nicht mehr so hold;
ihm schlappern doppelt Kinn und Wang'.
Spizschnäuzig aber Beos Fang.*

Mein Hund – welch treue Seele!
Mit Leo mich durchs Leben quäle.
Beos Schwanz ist nicht kupiert.
Bei Leo er nicht funktioniert.

Ich geb' euch unverblümt hier kund,
dass ich gekommen auf den Hund.
Ich kaufe stracks mir einen Mops,
wenn der Leo geht mir hops.

Wir Drei wär'n seelisch eng verwandt,
kämen zehnbeinig angerannt.
Ich fühlte mich vom Mann befreit,
zum flotten Dreier stets bereit.

Lied eines Fräuleins

Ja, mein Herr,
ich könnte mich in dich verlieben,
angetrieben von den allbekannten Trieben.
Auch animiert, weil Kirschbäum' blühn,
in mir die Säfte frisch erglühn.

Nein, mein Herr,
bin nicht neugierig auf die Seele;
dem Himel ich die gern empfehle.
Hab' keinen Bock auf Innenwerte.
Ich folge mehr der Außenfährte.

Ja, mein Herr,
dein Bizeps ist geil aufgemuckt.
In den hab' ich mich gleich verguckt.
Du stehst vor mir so ziemlich nackig,
dienlich schwänzelnd und arschbackig.

Nein, mein Herr,
so haben wir dann nicht gewettet,
obschon wir fast schon eingebettet.
Die erste war die letzte Stunde:
Du riechst abscheulich aus dem Munde!

Ja, mein Herr,
kaum berührten sich die Hände,
ist die Geschichte schon zu Ende.
Stimmt auch perfekt das Horoskop
– entscheidend bleibt der Biotop.

Lied einer Fledermäusin

Ich bin 'ne flotte Fledermaus,
flieg daher nachts auch immer aus.
Als Fledermäusin unterwegs
steh' ich nicht auf Butterkeks.
Vielmehr fühl' mich erst richtig gut
mit Männerblut, mit Männerblut.

Ich bin ein echtes Fleddertier,
und das nicht nur auf dem Papier,
nein, nein, ich flattere kokett
auf jedem heißen Tanzparkett,
in jeder Disko, jedem Schuppen.
Doch bin ich nicht von jenen Puppen,
die Männer nur die Nase ziehn.
Man kennt mich von Berlin bis Wien.
Man nennt mich auch Vampirin,
die Beute fliegt an Spree und Inn,
an Elbe, Neckar und Donau.
Ich bin die große Vampirschau.

Zwar pfählen will mich jeder Mann,
ich lass' auch viele an mich ran.
Nach dem obligaten Kuss
saug ich sie aus mit Wohlgenuss.
Lass' sie zurücke bleich, blutleer.
Bin 'ne Fledermäusin und sehr
zubeißend, übergriffig.
Im Internet nennt man mich pfiffig,
weil ich zwar stadt- und landbekannt,
doch Polizei mich niemals fand.

So verbleib' ich flott und kraus
'ne fehlerlose Fledermaus.
Ich flattre nachts am Firmament
– 'ne Fledermäusin exzellent.

Lied einer Sphinx

Ungewohnt euch sicher klingt 's,
aber ich bin eine Sphinx.
Eine von den alten Damen,
die den gewohnten Rätselrahmen
sprengt, existenziell in Frage stellt,
warum und wie man in der Welt.
Als ob das Leben für sich klar,
mit Geld, Gesundheit wunderbar,
und ist halt jedem so bequem,
der sich nicht selbst wird zum Problem.

Doch wer mir Sphinx ins Antlitz blickt,
der fühlt sich gleich so halb erstickt,
von meinen Brüsten, Zottelhaaren
und Krallen seelisch angeschlagen.
Die Furcht ist einfach fürchterlich.
Wenn die Sphinx sich stürzt auf mich,
mich zu zerfleischen, zu zerfetzen
zum mythologischen Ergötzen?

Doch keine Angst! Nicht immer
wird es im Leben nur noch schlimmer.
In Ägyptens heißem Sand
gar mancher Europäer fand
Gelassenheit und große Ruh'
beim Nachlass von 'nem Phara-u:
Sphinxen nämlich ganz aus Stein!
Tourist, Touristin muss man sein.

Lied einer Seele

Ich bin nur eine arme Seele,
mit Abitur als Psyche auch bekannt.
Als Wohnsitz wird Hirn oder Herz genannt.
Mit der Antwort mich nicht quäle.

Für viele bin ich ganz unsterblich
mit Endziel Himmel oder Hölle.
Mein Körper wohnt derzeit in Kölle.
Ich halte mich für recht verderblich.

Mancher beklagt sein Seelenpein
durch Stress und Neuzeitmode.
Trotzdem klingt Seele so kommode.
Man richtet sich 's mit ihr so ein.

Es gibt verschiedne Seelenkunden.
Die Analytiker, sie tun als ob,
doch Seelensuche ist ein Flop.
Die Psyche wurde nie gefunden.

Nur die antiken Griechen,
sie sahn – zwar falsch, doch klar -,
als Schmetterling, ganz wunderbar,
die Seele aus dem Kokon kriechen.

Der Zweifel, er nagt längst an mir.
Vermutlich gibt 's mich gar nicht.
Wer schrieb nur den Intim-Bericht?
Wer schrieb die Reime hier?

Zuletzt erschienen vom selben Autor

Böse Blicke

Kriminalroman und zwei Nachkriegsgeschichten

Ein alter Bankier stürzt acht Stockwerke in die Tiefe. Alles spricht für einen Selbstmord. Polizeihauptkommissar Julius Maiert, der vor der Pensionierung steht, hat eigentlich keine Zweifel. Aber der Selbstmord und die frivole junge Witwe werfen den sonst so soliden Hauptkommissar aus der Bahn. Es kommt zu einer Katastrophe, und die Mitarbeiter Maierts stehen vor einem Rätsel.

Neben dem Kriminalkurzroman „Böse Blicke" enthält das Buch noch zwei Nachkriegsgeschichten: „Hitlerjunge Ado Parzival Rhein" und „Die amerikanische Freundin".

Tödliches Tangotreiben

Die wahre Geschichte der „Freiburger Vampirmorde"

Die sogenannten Freiburger Vampirmorde im Zusammenhang mit den Dreharbeiten zum Film „Morbus Tango" hatten in Medien und in der Öffentlichkeit großes Aufsehen erregt. Noch immer sind die Gewaltverbrechen ungeklärt. Das Zusammentreffen von Filmkomödie und Echttragödie schockiert weiter. Die Regisseurin des wegen der blutigen Vorfälle abgebrochenen Filmprojekts gibt hier das endlich von der Staatsanwaltschaft freigegebene Tagebuch des Drehbuchautors heraus. Er hatte mit seinen Tagebucheinträgen die Dreharbeiten im Freiburg begleitet. Zum besseren Verständnis ist das Originaldrehbuch im Anhang abgedruckt.

Neapel leben und sterben
Prosa und Posse
Universitätsprofessor Hans Herrmann lehrt Geschichte der Philosophie in Neapel. Als er vor vielen Jahren eine Neapolitanerin zur Frau nahm, wusste er nicht, dass er in einen Camorra-Clan eingeheiratet hat. Zwar beginnt der mit den Jahren von der verhängnisvollen Verwandtschaft zu ahnen, doch will er nichsts davon wissen. Er beschäftigt sich lieben mit dem Schreiben einer Posse über das Leben der Schriftsteller Heinrich und Thomas Mann in Italien. Da erreicht das mörderische Treiben des organisierten Verbrechens seine eigene Familie. Einzigen Halt in der Katastrophe findet der Deutsche bei einem neapolitanischen Original, seinem Frisör. Der ist nicht Gelehrter der Philosophie, aber vielleicht Philosoph – und Scharlatan, wie der andere.
„Philosophieren können sie alle, sehen keiner." (Lichtenberg)

Janes Affenkind
Eine tierische Geschichte
Tierpflegemeisterin Jane Frankenbein träumt seit langem von einem Mischwesen aus Affe und Mensch. Der Affenanteil müsse zu einem humaneren Wesen führen, glaubt sie. Jane missbraucht ihren Freund, einen Medizinstudenten mit dem Spitznamen Tarzan, und die ihr anvertraute Schimpansin Clara, um ihren Plan auszuführen.
„...und wie der Affe um so lächerlicher wird, je mehr er sich den Menschen ähnlich zeigt, so werden auch jene Narren desto lächerlicher, je vernünftiger sie sich gebärden."
(Heinrich Heine)